사랑은 왜 이리,
쉽고도 어려울까요?
누군가의 상처를 사랑으로
헤아리는 여러분의 시간을
떠올려 봅니다.

지치지 말기를!
안아볼 수 있기를!
응원의 마음을 보냅니다.

마음을 담아 신여랑
申黎郎

如此灼热的蓝

〔韩〕申黎郎 著

李孟莘 译

江苏凤凰文艺出版社

图书在版编目（CIP）数据

如此灼热的蓝 /（韩）申黎郎著 ; 李孟莘译. 南京 : 江苏凤凰文艺出版社, 2025.2. -- ISBN 978-7-5594-7411-7

Ⅰ. I312.645

中国国家版本馆CIP数据核字第2024FE4098号

江苏省版权局著作权合同登记号：10-2024-137 号

이토록 뜨거운 파랑

Copyright © 2010 by 신여랑 (申黎郎 , Shin Yeo Rang)
All rights reserved.
Originally published in Korea by Changbi Publishers, Inc.
Simplified Chinese Translation copyright © 2025 by Beijing Memory House Culture Co., Ltd.
Simplified Chinese edition is published by arrangement with Changbi Publishers, Inc.
本作品中文简体版由韩国创批出版社通过中国洛瑞达版代与韩国 JMCA 授权。

如此灼热的蓝

（韩）申黎郎著 ; 李孟莘译

出　　品	橘子洲文化
监　　制	暖　暖
责任编辑	白　涵
特约编辑	燕　麦
营销支持	杨　迎　刘　洋　史志云
出版发行	江苏凤凰文艺出版社
	南京市中央路 165 号，邮编：210009
网　　址	http://www.jswenyi.com
印　　刷	三河市国新印装有限公司
开　　本	787mm × 1092mm 1/32
印　　张	7
字　　数	110 千字
版　　次	2025 年 2 月第 1 版
印　　次	2025 年 2 月第 1 次印刷
书　　号	ISBN 978-7-5594-7411-7
定　　价	49.00 元

江苏凤凰文艺版图书凡印刷、装订错误，可向出版社调换，联系电话 025-83280257

目录 CONTENTS

序言 … 001

第一部分 窗外的智友

西红柿和黑豆 … 017

有点奇怪的孩子 … 020

我的结论 … 027

麦当劳和"蓝" … 042

智友——听不见的声音1 … 050

第二部分 在一米高的地方咯噔咯噔

最好的时候 … 061

二十四站 … 064

朋友,那个男孩1 … 074

笨拙的安慰 … 083

智友——听不见的声音2 … 093

第三部分 当我们说爱的时候

　　一局定胜负 … 105

　　朋友，那个男孩2 … 115

　　禁止访问 … 127

　　智友——听不见的声音3 … 135

第四部分 那天傍晚，那片树林

　　第一次 … 141

　　那家伙、慧星和智友 … 151

　　好不容易，勉强——和妈妈 … 169

　　再次，向着那个夜晚 … 190

尾声 … 200
作者寄语 … 216

序言

　　从妈妈那里听到慧星的消息让智友很是意外,她已经一度忘记了这个名字。

　　那是个普通到不能再普通的夜晚,是他们跨入初三新学期的第一周,同今天一样也是个有轻微沙尘暴的日子。时隔许久,智友再一次登录了社团的论坛,她翻看了一下侑利发的关于社团聚会的帖子,便将近期画的所有画作都上传到了论坛中。其中有三张用马

如此灼热的 蓝

克笔绘制的杂志画[①]，一张用细毛笔画的时尚插画，两张足球比赛的素描，最后一张是用Paint tool[②]绘制的人像。虽然已经时隔两个月之久，但完成的作品并不多。在过去，智友几乎每天都会上传一幅作品。

智友刚完成一项学校的作业，妈妈就喊她去吃晚饭了。今天的晚餐是清淡的蔬菜沙拉和意大利面，简单的餐食只有智友和妈妈两人享用，在制药公司工作的爸爸今晚有聚餐要晚些回来。

"你还记得慧星吗？"妈妈问道。

智友正坐在餐桌旁喝着草本茶，旁边的茶壶中盛放着冲泡好的茶，茶水中漂浮着几朵菊花。

"就是我们过去住的别墅区里，那个警卫大叔的孙女，那时候她不是每天都'姐姐，姐姐'地叫着跟在你后面，还总到咱们家来玩。"

智友重重地放下了手中的玻璃杯，但妈妈并没有注意到，她正背对着智友在水槽边洗碗，玻璃杯落下的声音正好被水声与碗碟的碰撞声给淹没了。

[①] 漫画练习的方法之一，仿照杂志上的照片和图画进行绘制。
[②] 一款电脑绘画软件。

序言

"提到慧星,首先浮现在我脑海的便是那一天。当时的我刚进入中学不久,大概是暮春的时候吧。那时学校忽然让我接手新开的珠串工艺课,每天都忙得焦头烂额,经常因为查找和整理学员们的资料而忙到深夜。那天也是这样,晚上十点多的样子,我将车停靠在地下停车场内,眼角余光随意地扫了一眼紧急出口的方向,就发现有个小孩正在暗处鬼鬼祟祟。现在想来,那时的我心里应该想着'才这么小就这样了,以后该怎么办啊?那孩子的妈妈该多担心啊'。可没想到,那孩子忽然站起来对我说了句'您好',那个孩子就是慧星了。我到现在都还记得当时被吓到的情形。

"也因为那一次的'惊吓',以至于后面'那件事'对我的惊吓程度都变成了'小儿科'。别墅盗窃事件发生的那段时间,地下车库也变得非常危险,那时的我也是惶惶不可终日。但后来听说慧星也是盗窃的同伙时,真的让我无话可说,警卫大叔也因为那件事辞职了。那小家伙到底为什么要活成这样呢,现在想想,还是觉得既害怕又心疼。"

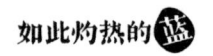

"所以呢?"智友忍不住催问妈妈。

"啊,你看看我这个脑子。"

妈妈将带着水的烹饪工具和餐具一次性放进烘干机内,重新开始了和智友的谈话。

"就是那里,沿着咱们住的别墅外围道路走上去,山边不是依稀能看到几个餐馆嘛,还记得那边有个偏僻的入口能够进山吗?我听说她在那里出了事故。怎么会去那么危险的地方,那边平时就很少有人过去,所以哪怕道路狭窄,不论白天还是晚上,司机们都会疾驰通过那边,之前就出过几次事故呢。可她为什么会三更半夜跑到那里去呢?哎哟,真是越想越心痛。那么小的孩子,就因为别人肇事逃逸丧生了。

"刚刚和贤俊妈妈通话时听到这件事,我真是被吓了一跳,心里头咯噔一下。肇事逃逸的那个司机恐怕要遭天谴了,披着一层人皮怎么能干出这种事情。"

妈妈用厨房纸巾擦了擦沾满水的手,转身向智友的方向走去。

"怎么了?"

序言

智友的脸色发青。

"吓坏了吧?"

妈妈惊慌失措地走向智友,紧紧地抱住了她。

"啊,真是的。是我考虑不周了,早知道我就不告诉你了。哎哟,是妈妈的错。怎么办,是妈妈说了不该说的话。对不起,智友!"

妈妈不知道的是,慧星并不是遭遇了事故。

"哇,智友姐姐!你知道一个人消失不见,有多简单吗?"

所以,慧星就像是彗星一样"消失了"。

★

智友第一次遇到慧星是在小区的便利店里。智友拿着瓶雀巢茶萃往收银台走时,眼神无意中和一个瘦削的女孩对上了,那女孩当时正偷偷将一个三角饭团塞进自己的兜里。女孩对智友眨了眨眼睛,然后泰然

如此灼热的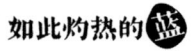

自若地朝着收银台喊道:"哥哥,怎么没有泡菜烤肉味的?"

智友愣愣地站在原地,手里握着那瓶雀巢茶萃,整个人仿佛僵住了一般。

"哦,这么快就卖完了吗?"便利店的兼职生一边说着一边试图从柜台后站起来。

"嗯,已经没有了。我下次再来吧,到时候一定给我留着!"女孩说着话从智友身边走过,悠然地离开了便利店。

"怎么了?有什么需要的吗?"便利店的兼职生看着还呆呆地站在那里的智友疑惑道。

智友涨红了脸,在兼职生惊讶的目光中结了账。

智友刚从便利店走出去不久,就被刚刚的那个女孩拦住了去路。

"嘿嘿——我认识姐姐,姐姐你是住在五栋吧。姐姐看到我好像很害怕的样子?"

智友像是没有听见一样,躲过女孩径自走了过去。女孩却又跑上来挽住了智友的手臂。

"我是周慧星,三栋的警卫是我爷爷。我见过姐

序言

姐。不过姐姐你难道是哑巴吗？我一次都没听见过姐姐说话呢。"

"你别这样。"

智友试图抽出被慧星挽住的手臂。

"嘿——这样看来姐姐你不是哑巴嘛。哎哟，姐姐的声音好尖啊。"

智友听了慧星的话也扑哧一声笑了出来。这就是她们关系的起始点了。也就是那天之后，慧星不知道从什么时候开始，又是喊智友姐姐又是跟着她一起回家的，还经常在校门口等智友。

"姐姐。"

"嗯？"

"姐姐！"

"嗯！"

"姐姐！"

"嗯嗯嗯嗯！"

"我很喜欢姐姐。我呢，希望以后姐姐能真的成为我的姐姐。"

"我也是。"

"真的吗？真的吗？！你说的是真的吗？"

"嗯。"

"那你可要答应我，以后也绝对不能忘记。"

慧星竖起大拇指并伸出了小拇指，智友用小拇指钩住了慧星的小拇指，又用大拇指压住了慧星的大拇指。

"盖过章了，就绝对不可以背叛哦！我对自己有信心！原本坏女人就是不会背叛别人的。嘿嘿。"

"别总说自己是坏女人，我不喜欢听。"

"知道了，以后绝对不说了。对了，你做作业了吗？"

"我还在做呢——"

"哎哟，我都画到第七册了，你怎么还在第三册磨叽呢？懒虫，让我看看。"

智友翻开了自己的绘画笔记本。

"哎哟，你怎么回事。我们反派人物才不是这样皱巴巴的。他可是死神界的异端，就像我一样！嘿嘿。"

只是这一切，在树林里的那件事情发生后，都

序言

产生了变化。智友也是从那时起对慧星产生了"恐惧"。当慧星被指认为别墅盗窃事件的同伙后,智友就连待在家里都变得困难了起来,她时刻都担心慧星会去家里找她。

每当门铃的叮咚声响起时,智友就会跑进房间将自己反锁起来。所以当妈妈说"我们可能要搬家了,你没问题吧"时,智友开心极了,她高兴得不知所措。高兴之余她也很担心慧星知道他们要搬家的事情,这也让她变得不安起来。她拜托妈妈不要告诉慧星他们要搬家的事情。在此期间智友还去见了慧星,只是为了确认慧星不知道他们要搬家的事情。

"哇,姐姐!"

"嗯。"

"真的是姐姐啊。姐姐给我打来电话时,我都不敢相信。我还以为你再也不想见到像我这样的孩子了呢。嘿嘿。"

慧星的笑声像尖刺般刺入了智友的耳朵。

慧星看着坐在公园长椅上的智友,双手使劲在头顶上挥动着。她看起来像是刚刚从家里跑出来,头发

如此灼热的蓝

乱蓬蓬的、身上穿着破旧的T恤、脚上套着一双拖鞋。

慧星紧挨着智友坐了下来。

"嘿嘿,姐姐约我见面,真是太好了。"慧星害羞地低下了头。

"你没事吧?"

"嗯,现在还好。十四岁之前绝对不会进少年院①,所以没事的。"

然后慧星像是有什么话要说,犹豫了一下后,她却突然嘿嘿笑着说要去玩了。

"姐姐,我们去玩吧?"

慧星在接到智友的电话时可能就有过这样的想法了。

"不喜欢吗?"

智友犹豫了一下,摇了摇头,说不。

"那我们去坐那个传闻中的海盗船吧,我听说仁川有个超恐怖的海盗船。"

智友静静地听着。

---

① 指日本、韩国对不良或犯罪少年实施矫正教育的机构。

序言

"我听哥哥说……"

"哥哥?"

智友想起那天晚上慧星叫哥哥时的表情,胳膊上瞬间爬满了鸡皮疙瘩。

"哦,除了他。"

慧星看了看智友的眼色继续说道。

"他是我去首漫①的时候遇见的'Cos狂'②哥哥,他人非常帅气,我最近只和那个哥哥玩。啊,我不是说我们要跟那个哥哥一起去玩。嘿嘿,所以你放轻松点,听我说。我听说那个海盗船是二十年前建成的,是世界上最恐怖的海盗船,去玩的时候要坐在最后一排。你知道这是为什么吗?听说海盗船刚开始运行的时候嘎吱嘎吱的,上升得非常缓慢。因为海盗船本身年代久远,所以从坐上去时心脏就会扑通扑通直跳。船体摇晃到最高点时,就会听到类似器械震碎了的恐怖声音。然后船体就会像这样转一圈!怎么样?想想都觉得兴奋吧?"

---

① "首尔动漫节"的简称,首尔地区每月举办一次的综合型动漫活动。
② "Cosplay狂人"的简称,指热衷扮演漫画或游戏中主人公的演出者。

如此灼热的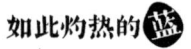

慧星一边说话一边用手模拟着海盗船的移动方式。

"什么呀，这就开始害怕了吗？嘿嘿。"

智友只是想想就觉得害怕。

"傻瓜，我不是坐在你旁边嘛。只要跟我在一起，这都不算什么事。我们一定要坐在最后一排哦！坐在那里还能看到大海呢。嗯？"

就在这一天，智友和慧星约好了下周去坐海盗船。她们约定早上在离小区最近的地铁站见面。可那天正是智友搬家的日子。

"早上要是起太早的话，姐姐会很累的吧。这个破小区，离地铁站那么远。嘿嘿。"

这是智友从慧星那里听到的最后一句话。

智友并没有遵守那个约定，她从一开始就没有想要赴约的想法。

从那之后，智友就再也没有见过慧星了。妈妈给她换了新的手机号码，还办理了转学。智友很高兴自己不用见到慧星，再也没有慧星在学校门口等她了。只有自己一个人，没有人认识自己，她感到很开心。

序言

因为怕有人找她搭话,她也总是紧闭着嘴巴。

★

慧星,是慧星。慧星就坐在海盗船的最后一排看着智友笑。智友想跑,想快点逃离,双脚却怎么也动不了。走开!别笑了!是梦!这是梦!智友想要快点醒过来。"你已经死了,死了!"但是慧星就那样看着智友笑了。就像是那天晚上她对智友说"姐姐,快跑"的时候一样笑着。

智友此时正被噩梦折磨着。整个梦境都陷入了"那天晚上那片树林"的黑暗,耳边回响着当时的声音,而慧星就坐在"世界上最可怕的海盗船"上等待着智友。

走开,拜托,走开!走开!走开!

好不容易从梦境中醒来的智友悄无声息地红了眼眶。

我知道,如果注定有一个人要消失,那也应该是

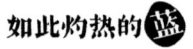

我，而不是你。

没有人知道智友的这些心事。妈妈很担心智友会因为慧星的事情受到伤害，爸爸从妈妈那里听说这些事情后，虽然也很心疼智友，但还是认为时间会解决一切问题。那天连侑利看到智友凌晨发来"我真是个坏孩子"的短信后，也表现得不以为意。

也许正因为如此，智友才坚信自己能够坚持下去。因为没有人知道，没有人知道。

第一部分
窗外的智友

西红柿和黑豆

哎哟，智友怎么凌晨给我发短信呢？啊——今天可是周六，正式的玩乐时间，她怎么这么晚还没睡啊。嗯……要给她回信息吗？可是现在已经十点了，要不一会儿再说吧。该怎么回她呢？嘿，"对，你是有点坏"，这样回复吗？不行吧。智友可是个幽默感

如此灼热的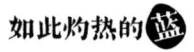

不足的girl（女孩）。所以还是得正面回复她。

西红柿不是坏孩子。那些无视上传画报通知的"蓝"社员才是真的坏。这次的动态速写非常棒！黑豆的想法。

西红柿是智友在漫画社团"蓝"的网络论坛中的昵称，黑豆是我的昵称。从小大家就叫我"黑豆"，因为我和爸爸长得很像，所以特别黑，特别小（虽说现在已经变白了，但很遗憾现在的自己变成了"名不副实"的黑豆），虽然不知道其他孩子是怎么想的，可是比起"李侑利"这个没什么特征的名字，我更喜欢"黑豆"这个外号。我总是隐约觉得这个名字听起来既高冷又稳重，不是吗？但再怎么样也不能真的改成这个名字，所以我在创建论坛昵称时，就毫不犹豫地使用了"黑豆"这个名字。

可是我觉得智友和"西红柿"这个名字不太搭。我脑海中对西红柿的印象是血色，这可能和我之前看到的西班牙西红柿节的照片有关，这个名字

第一部分 窗外的智友

给我的感觉大概就是在红压压的西红柿沼泽中挣扎的女孩。

不管怎么说,在我心里,西红柿和智友的相似度很低。智友身材高大,体形却瘦得足以引起旁人对她保护的本能,再加上她白皙的皮肤,任谁看都透着一股"少女风"。所以每当她和又黑又矮的我并排站在一起的时候,总让人觉得有点搞笑。传说中的那种黑白不对等,大概说的就是这个吧。再加上大家对我们"内在"的评价也存在着悬殊的差异。这个评价主要来自我们二年级的班主任,是他提交给负责国语教学的班主任的修行评价中的内容:"两个同样年纪的孩子,精神世界为何会如此的不同?她们一个是纯情漫画,一个是独立电影,可她们两个孩子竟然成了挚友,真是让人感到很神奇。"

我能够理解老师评价中的意思,被比喻为纯情漫画的我,精神世界相对年轻;而被喻为独立电影的智友则更加成熟。但我听到之后还是只做出了"啊,谢谢"这样的反应。

说实话,我承认我们两个人是有所不同。可我不

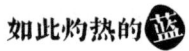

认为我们是"年轻""成熟"这样的差异。我们只是两个不同的个体,就像西红柿和黑豆一样。

西红柿有西红柿的世界,黑豆有黑豆的世界。所以不论我们成为好朋友或是不能成为好朋友,都纯粹是因为西红柿和黑豆的心,并没有什么可新奇的。

有点奇怪的孩子

事实上,一开始我还以为智友是"御宅族①"。

要说起这件事,还得从更早之前的事情说起。其实智友这张脸我从一年级开始就"认识"了,因为智友在第二学期末的时候搬到了我所在的公寓,我们两个人都走同一条线路。我早上经常会在电梯里碰到她,只是气氛有那么一点尴尬。当时我看到我们两个人穿着同样的校服,还别着同样颜色的名牌,就笑着对她说:"哦,我们是同一个学校啊,你也是一年级吗?"

她面无表情地说:"嗯。"

---

① 指热衷于各种亚文化,并对该文化有深入了解的人。

第一部分 窗外的智友

从那时起我就觉得智友是个"有点奇怪的孩子"。

所以当二年级我和智友成为同班同学时,我其实并不怎么高兴。因为我有种预感,我觉得之后我们会过得有些尴尬。果然和我想象中一样,偶尔在电梯里遇见她时,她的反应还是一模一样。我说"你好!",智友仍旧只说一个"嗯"就暂停了对话。

智友在学校时也很奇怪。你可以想象一下,就是那种脸很白、瘦瘦的、少言寡语的孩子,即使在休息时间也坐在那里一动不动,只是画画。所以那时候我就产生了"她是御宅族吗"的想法。

有一天,我偷偷过去看了一下,发现她画的是一部日本漫画中的角色,画的一边盖着"⑦"的印章,我心想着:"那是什么?"但很快就被她画的人物迷住了。画中人身穿大号T恤和宽松牛仔裤,蹲着吃冰激凌。光着脚微微蜷缩的脚趾、黑眼圈、拇指和食指抓住勺子的习惯都画得一模一样。

"哇,画得真好!"我的心中一惊。那时的我也正痴迷于此角色,所以那天我的包里也装着这本漫画,有时间的时候我也会画一画,虽然大多数时候都会搞砸。这幅画让我对智友产生了好奇。

"你画得真好。"

"……"

"你一年级的时候在几班啊？"

"七班。"

"我那时候在三班，你家是去年搬进我们公寓的吗？"

"嗯。"

"你住在哪儿啊？"

"……"

对我来说，这已经是最大限度地向她展示积极的关心了，但智友还是一副冷淡或者说漠不关心的样子。她这种表现总会让人产生"她是讨厌我吗，还是御宅族呢"的想法，这也让百分之七十的人放弃了和她亲近的欲望。我觉得她并不是讨厌我，而是一个单纯的御宅族罢了，所以还是打算再等等她，给她一个适应的时间。

大约过了一个月，四月时我和智友第一次被安排在一起做值日生。打扫结束后，智友也丝毫没有想走

第一部分 窗外的智友

的意思，一直坐在自己的座位上拿着包包翻来翻去，好像是在寻找着什么。我犹豫着"要不，再和她说一次话吧？"，这时教室后面忽然传来咣啷啷啷的声音。我回头一看，是在道德课上被逮到的偷看漫画的孩子和另一个孩子（好像是叫作恩洙，我也是看了她的名牌才知道）。教室的地板上乱七八糟地散落着教科书、文件和铅笔盒等。

"你是故意的吧！"

听到那孩子的话，恩洙低下头，弯腰向后退了几步。

"你知道因为你，我被道德老师叫去挨了多少骂吗？我拿着被老师抢走的漫画书，在教务室一直站到现在。说我看的漫画没营养，我的脑子里也一片空白，照这样下去我早晚会变得一无是处！"

这说得也太过分了吧，看漫画怎么了？

"啊，对不起。可我真的是……"恩洙用颤抖的声音说道。

"真搞笑！长得像猪一样，真是什么？"

猪？虽然恩洙长得有点胖，但也不像猪啊。看她如此灼热的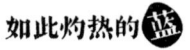

的眼睛,像小狗一样。

"不是,那个,我只是,我收到的打印材料有错误,前后一模一样,所以想让老师换一下……"

啊,原来是这样!

"那你直接说出来不就行了嘛!直接喊老师就可以了啊,但你为什么只举手呢?"

就是啊。

"那个,我怕会影响到其他看打印材料的孩子……"

嗯?这有什么影响?

"所以你就把坐在前排的我'出卖'给道德老师了!"

"对不起,我真的不知道你在看那些东西。"

"什么,那些东西!什么叫那些东西?!"

结果那个孩子忽然冲上来啪啪打了恩洙耳光。

哎呀!正在"津津有味"地看她们吵架的我,被这一举动吓了一跳。这样做是不是太过分了?所以她为什么要在上课的时候偷看漫画啊,明明是自己糊里糊涂的,凭什么这样对待别人!我不由得皱起了眉头。

第一部分 窗外的智友

就在这时，智友从我身边走过，朝着那个孩子的方向走了过去。她这是要干什么呢？恍惚间智友已经站在了恩洙的前面，用一种吓人的恐怖表情瞪着打人的孩子。

"滚开！不然我就杀了你！"

那个孩子像是被智友的这一举动给吓到了，满脸不可思议，手足无措地愣在原地。

啊，这个时候该怎么办？我的心也怦怦地跳了起来。环顾四周，一、二、三……所有人都在目不转睛地关注着事态的发展。啊，得劝一劝才行，得劝一劝才行啊。虽然我心里是这样想的，但身体还是不敢轻举妄动（不论是当时还是现在，我的行动力都很弱）。可智友一动不动地盯着那个打人的孩子，感觉稍微一碰就会爆炸似的。这一点连作为旁观的我都感受到了。

正当所有人都被这紧张的气氛弄得紧绷的时候，那个孩子像是崩溃了一般，说了一句"疯女人！"，便转身离开了。看到这一幕，我也不由自主"呼——"地松了口气。

恩洙像一只受到惊吓的小狗一样退缩着发抖。智

如此灼热的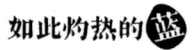

友并没有理睬恩洙,而是转身将恩洙掉在地上的教科书和文件一一捡了起来。直到那时,我才犹犹豫豫地走到那边,开始和智友一起捡恩洙掉落的东西。不知怎么的,忽然觉得自己很丢脸,说不出地别扭。

但总觉得应该说点什么,所以我说:"我们去麦当劳怎么样?"

那天我们三个把口袋里的钱都掏空,在麦当劳吃了个够。当时我因为想活跃一下尴尬的气氛,所以很不自然地嘟囔着(现在想来真是夸张到了极致)。

"啊,这味道怎么这样啊。"

"呃,这东西真不是给人吃的。"

恩洙和智友好奇地盯着我看,因为当天吃得最多的就是我。

"要是她明天来找我们麻烦可怎么办?"想到这些已经是回到家以后了。她会是那么无聊的孩子吗?我还是隐隐感到有些担心。所以那天晚上,我把妈妈和爸爸叫来坐在一起,将那天学校发生的事情都告诉了他们,希望能够得到他们的意见。爸爸听后只觉得很神奇,他一边咕嘟咕嘟地喝着刚才在老街小吃

第一部分 窗外的智友

店买来的鱼饼汤说"啊,女孩子们是那样吵架的啊。如果是我们男生的话,一拳下去,其中一个人就倒下了",一边自顾自地说了一大堆自己过去的经历。所以我有点生气了。

"我现在是很认真在问的!"

这时,爸爸露出一副"这种事情应该问妈妈啊"的表情,叼着串鱼饼看向了妈妈。我也只能支着下巴盯着妈妈的脸。

"我觉得没什么大不了的,倒是那个叫智友的孩子还真是帅气啊,你今后好好和她相处吧。那个看漫画的孩子现在应该也在后悔吧。你和往常一样就可以了。"

嗯,妈妈的回答听起来像是有一些敷衍,却已经足以消除我内心的不安感了。其实我也觉得,智友的行为虽然看起来有些过激,但真的是很帅气。

我的结论

有些事情看似偶然,但世界上并没有绝对的偶

如此灼热的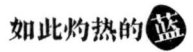

然，都不过是已经准备好的必然和命运罢了。

那件事情发生后没多久，智友就成了全班孩子都认可的"特别的孩子"。那天早会时间班主任忽然掷地有声地宣布道："我们班的智友入选了教育厅的美术英才考试。很厉害吧？据说要经过三次非常艰难的考试才能够入选，请大家一起祝贺她。"

班级里那些对智友爱答不理的同学，今天都一窝蜂地围在了智友周围。智友还是像平常的智友一样，依旧是那样不屑一顾。面对孩子们的提问攻势，她还是只使用最简练的语言回答。

"嗯。"

"没有。"

"各种各样。"

总结起来，智友参加了一次资料审核和两次技能考试，应试美术使用的是完全不同的评价方式，应试美术不存在那些特惠加分的项目，只是针对各个领域，例如东洋画、插画、摄影学、动画等的学习水平进行测评。

还有一个我后来才知道的事实，那就是智友的家

第一部分 窗外的智友

族都流淌着"艺术家的血液",她的叔叔是雕塑家,姑姑在跳现代舞,正在留学的姐姐也是设计专业的。

知道这个事实后,我不禁嘀咕道:"我也想继承艺术家的血液,要是那样的话,我的人生或许会不一样吧。"但遗憾的是,我的血液与艺术相去甚远。从父系这一方来看,身为小贸易公司科长的爸爸在上学时,最为煎熬的两门课程就是音乐和美术,在乡下的爷爷奶奶也是种了一辈子庄稼的农夫,爸爸的兄弟们也从事着与艺术毫不搭边的职业。母系这一方也没有什么不同,妈妈是独生女,现在在日本和姨祖母一起生活的外婆与已经去世的外公也和艺术无缘。我母亲她认识的"艺术家"只有徐太志[①]。在现在这个时代,妈妈她连副业都不做,只专注于玩乐和享受,爸爸却借口说是因为妈妈身体太弱了才这样的。但在我看来,妈妈她比大象还结实。"徐太志是我们那个时代最棒的艺术家!能够和徐太志同一年出生,我感到很自豪。"妈妈这样大喊道。

[①] 韩国歌手。

如此灼热的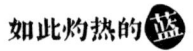

当然,我是在很久之后才知道智友家流淌着"艺术家的血液"这件事的。智友本来话就很少,我也不是那种会对智友刨根问底的性格。可世间的事情总是这样,只要彼此陪伴的时间足够长,在经历一些"偶然"或是"意外"之后,你自然就会了解到朋友的背景。

想想看,比起"艺术家的血液",我更早了解到的是智友超强的行动力,这会不会也相当于是一种"意外"呢?

我们仨——智友、我、恩洙——那天很早吃完了午饭,三个人并排坐在体育馆后面的长椅上,读着各自带来的漫画书。可我始终无法集中精神,阳光下朦胧的藤条影子乘着春风轻轻晃动,一下一下地撩拨着我的心弦,不知不觉间我的心也跟着轻轻地晃动了起来,我真想跑到围墙另一边的某个地方。就连我正在读的漫画书的主人公,天真烂漫的化身"四叶"也无法按捺住我动摇的心。我伸直双腿,把一只一直"惊险地"挂在脚尖上的三线拖鞋甩得远远的。

"我们学校连漫画社团都没有,啊,怎么回事!"

我的嘴里突然蹦出了这样一句话。不知道是不

第一部分 窗外的智友

是因为石头剪刀布输了,导致我们班成为保健班这件事情对我的冲击太大?这句话虽然是从我嘴里说出来的,但也只是一句莫名其妙的抱怨,智友她却更莫名其妙地回应道:"要成立一个吗?"

她的意思是成立一个漫画社团。

智友从那一刻开始就展现了"决定了就马上实践"的最强行动力。

"应该先召集社员吧。"

紧接着,我们在一天之内就确定好了所有要做的事情。我们在智友的指导下,在麦当劳里画好了宣传单,"蓝"这个社团的名称也是在那个时候起的。从第二天开始每到休息时间,我们就会在二年级的教室内发放这些宣传单。

仅用了一周的时间我们就成立了社团。在那一周里,我自发做的事情只有最后一天在网络论坛上以"从现在开始你我都是第二个'蓝'"为题上传了帖子,帖子的内容如下:

"蓝"的论坛终于在今天开通了,我也紧急调查

如此灼热的蓝

和收集了一些关于"蓝"含义的解释。我认为这是我作为"蓝"这个社团名称的提议者责任感的体现。

一、百科全书中的解释：blue，颜色名称。在可见光谱中465nm~482nm波长的光看起来是蓝色的。标准的蓝色在蒙塞尔色彩体系中大致相当于2.5PB4/12色号。蓝色与红色、绿色一起组成了光的三原色。蓝色的补色是黄色，从视觉角度而言蓝色的物体看起来会显得比红色的小一些。

二、知识in[①]中的解释：蓝色是带有清凉、新鲜、希望、自由等含义的颜色，同时它也是能够表示东方、平和、严肃、水、空气的颜色。

三、英语词典中的解释：（1）蓝色；天蓝色[青色]的；蓝色的（2）<风等>冷（cold,chill）；（寒冷、恐惧等）苍白的；（被击打后）黑蓝的，青一块紫一块▶be blue from cold.因为寒冷脸色发青。▶His forehead is black and blue.他的额头瘀青了。（3）忧郁，悲观；<事态>不如意，黑暗▶feel blue.心情忧郁。第

---

① 韩国类似百度百科的网站。

第一部分 窗外的智友

一个解释之外的含义就请大家忘记吧。

四、关于"蓝"这个单词（指"蓝"的读音），在汉字词典中还出现了这样的解释。汉字词典中的解释：波浪（韩语中"蓝"的读音和汉字词"波浪"的读音相似），wave。小波浪和大波浪。是指风力直接作用在水面时产生的风浪，和风浪移动到其他海域时，因动力衰减而产生的涌浪。

当然我们社团的名字是第二条的含义，我们的"蓝"是第二条里的蓝，而不是什么"苍白、青涩、忧郁、悲观"。

说实话，在撰写这篇帖子之前，我都不知道蓝色还有"忧郁""悲观""feel blue"这些含义。

★

我们几个在一起相处得挺融洽。即使没有特意约定过，我和智友也总会在相近的时间出门，所以我们两个经常一起去学校，到了学校之后我们就和恩洙一

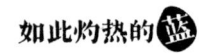

起组成"三人行"。因此班里的同学也很自然地就把我们三个"捆绑"在了一起,统称为"她们"。只不过智友偶尔会摆出一副"莫名其妙"的表情说:"我想一个人待着。"每到这时我也会爽快地回答说:"好的,当然可以了。"给她留出独处的空间。要是恩洙担心她是不是有什么事情,她就会回答恩洙说:"就是想一个人待着啊,这有什么事情啊。"听到这些的我都会在心里默默地偷笑。

人有时候就是会突然想一个人待着。我也会这样,既不是因为讨厌一起工作的朋友,也不是发生了什么特别的事情,就是单纯地想要一个人待着而已。仿佛周遭的世界都变得枯萎,整个人从头到脚都很无力,甚至连嘴巴都不想动一下。脑海中只有一个强烈的声音在呐喊着:"啊,我想一个人待着!"(大概这就是feel blue的感觉吧?)

在这种情况下询问对方"为什么",只是徒劳无功罢了,因为就连我自己也说不出这到底是为什么。

在遇见智友之前,我就曾陷入过那种状态。那是初一年级暑假的前夕,那种状态忽然就"降临"在

第一部分 窗外的智友

我的身上。当时我也和智友一样,觉得就这样"放任"它一两天就好了,这样做应该会让我重新打起精神来。

在家时,爸爸和妈妈也会理解这种做法。一回到家,饭都还没吃,我就对着他们说:"别跟我说话了,我想一个人待着!"

"看来这孩子终于到青春期了啊?尽情地享受独处的时光吧。"

"趁这个机会减减肥吧。"

只是那时候,在我身边的朋友并不能理解这种行为,他们并没有就此"放过"我。一开始他们想知道我为什么这样,发生什么事情了。即便我告诉他们没什么事情,自己只是想一个人待着,他们也不会相信。

"你要是对我有什么不满就直说吧,别用这种方式让人难受!"他们还会像这样,深夜打电话来乱发脾气,宣布和我绝交。

"我真是个傻瓜,才会把你这种孩子当作朋友。"

呼呼,也正是这样,我才能够在暑假前度过一段

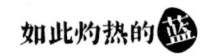

完美的独处时光。我本该一直承受那个朋友冷漠的眼光的，但也就在那时，我不知为何坚定了自己内心的想法，那就是以后不管是谁想要一个人待着，那就任由她去做吧，我只会感到欣慰！所以当智友说想要一个人待着时，我并不感到惊讶。我只觉得"啊，原来智友也是这样啊"。你看，你看！不只有我是这样，脑袋也不自觉地跟着点了起来。

正如我所料，智友很快就回到了我们的身边。虽然一个人"离开"了几天，但又像是什么都没有发生过一样，自然地和大家聊了起来。

只要是关于"蓝"的事情，智友都会展现出惊人的行动力，她包揽了所有，包括作为部长的我该做的事情。她还复印了人体素描的教材，并且主持了以素描为主题的插画收集活动。就连我们随手画的草图，她也会一一扫描上传到论坛里。无论什么事情只要开始，智友就一定会做到最好。这与看似非常努力，但其实要不了多久就不了了之的我完全不同。每当看到这样的智友时，我都会反省道："喂喂，黑豆你是不是有点丢人了？"也许正因为如此，我对智友说是怀

第一部分 窗外的智友

着一种"粉丝心"也不为过。

从初二第一学期的期中考试结束后开始,每个周六我们都会聚在麦当劳举行"蓝"的活动。因为得到了事务部"放学后允许使用教室"的许可,我们在周中放学后,每隔两天也会在我们班的教室里组织一次"蓝"的活动。但即便如此,大家还是觉得远远不够,成员们都热情高涨。要是我们的绘画实力都能达到智友的水平,那"蓝"就将成为全国最具实力的漫画社团了。可现在除去智友的话,我们的绘画实力就都很一般了。

最神奇的事情是,无论是当时还是现在,漫画画得最好也最认真的智友,几乎是不看漫画书的。长篇漫画中智友只读过一部热门的,偶尔听智友说起的,也都是我不知道的陌生漫画,比如《十九》《致敬恐龙多利》《黑洞》等,它们的共同点就是,每个故事都只有一本。其中《黑洞》并不算是纯粹的漫画,而更像是图像小说,奇怪的内容搭配上奇怪的画风,让人一看就不禁皱起眉头,甚至不自觉地想要喊出:"啊,这都是什么啊?"那阴森森的画风,就像是蒙

如此灼热的蓝

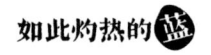

上了一层黑色的墨水,这可能也和那本书的内容有关,它讲述了一群患有名叫"虫病"的青少年传染病的美国高中生的故事。

其实我妈妈对漫画的喜好也很怪异,我从小看着妈妈读过的漫画书长大,那时的我还以为妈妈们本来就是喜欢漫画的,所以一般的漫画都不会令我感到惊讶,但《黑洞》这种类型的漫画真是有点过分了。

这也只是我个人的想法。

虽然我真的很想问:"智友啊,这世界上有那么多有趣的漫画,你为什么偏偏要读这种奇怪的漫画呢?"但我还是忍住了,毕竟这是智友嘛。

所以我只问她:"你觉得这个有意思吗?"说实话,我真的很好奇这一点。

智友的回答果然也是很简单。

"没有。"智友摇了摇头,并皱起了眉头。

哈哈,不知道为什么,忽然感觉智友很可爱。要是我扑哧一声笑出声来的话,会显得很奇怪吗?

有人说,"喜欢"原本就像是这样。

到底是谁说的这种鬼话?

第一部分 窗外的智友

其实是我爸爸说的。

"喜欢原本就像是这样,真奇怪,要是解释起来就显得更奇怪了。"

这个故事的前因后果是这样的。故事要回到我爸爸二十五岁的时候,那时的他正值生龙活虎的青年时期,他是在东大门的服装店打工时遇到妈妈的。当时的妈妈还是个长相土里土气的女孩,为了复读来到了首尔,当然她那时的形象也不知道能不能被称为"女孩"。她在店里指指点点了一阵,大概五分钟后便挥霍"巨资"然后离开了店铺。三天之后,那些衣服开始陆续"回到"了店里。妈妈拿着衣服出现在爸爸面前,对他说:"这件衣服可以换成别的吗?"(注意,她并不是一次性拿来全部的衣服,而是每天一件地拿回来。)如果换作其他时间有人做这种事情,爸爸一定会因为太过麻烦而感到生气,可这一次他没有这种感觉。

"那种感觉真的很奇怪,心里一直在期待她今天会不会出现。"

我想我的内心或许也是这样吧。莫名其妙地等待,莫名其妙地被吸引住眼球。每当智友独自一人的时候，我的眼睛就不时地追随着她的身影。"智友还是比较适合长发啊，那种褐色的飘逸长发！她的腿怎么也那么直啊？我这是怎么了？难道我是智友的崇拜者吗？"

这段时间，"蓝"也变成了校园内小有名气的社团。

去年秋天的庆典是"蓝"的巅峰时期，一想到准备庆典时的辛苦场景，现在我的腿都还是会发抖。

那时候，我们晚上也会留在学校，教学楼没电了，就打开手机，用闪光灯照着继续画装饰画；缠着印刷厂的叔叔，恳求他降低印刷费用，结果却挨了一顿训斥；布置展位时被锤子砸伤，手指变得又青又肿。可即便如此，我还是照样嘻嘻哈哈地到处乱跑。其他同学都会用一种"她是怎么了"的眼神看着我，但这也不能阻止我继续没心没肺地快乐。（那感觉就像是加速的心跳，点亮了脑海中的灯泡一样。）在我看来，智友也是一样。那时，她偶尔也会冲着我扑哧地发出浅浅的笑声。

就这样，我们设立起了展位，售出了我们绘制的装饰画，同时也展示了我们的作品。

第一部分 窗外的智友

（我的天啊！！！这都是靠我们自己办到的啊。）

当然其中最为突出的作品，就是智友画的插画了。虽然这已经是早就预想到的结果，可大家的反响比预期的还要热烈。我们把它称为"智友的紫罗兰色少女系列"。可智友贴在上面的是一个出人意料的标题，叫作"和平4"。画面中是一个紫罗兰色头发的少女，如同死了一般正面躺在广场街道上，细数下来她的周围一共有三十二个人，而这些人仿佛看不见那个少女一样，依旧自顾自地吵闹着。

智友的"紫罗兰色少女"画前堆满了花束。庆典结束后，初一的孩子们还高喊着"前辈"，然后向智友送上了礼物。当然，上传在"蓝"论坛中的，智友的"紫罗兰色少女系列"的海报下面也有着数十条留言。我想"人气爆棚"这个词用在这里再合适不过了。

只是，"蓝"的热度在庆典达到顶峰后，便开始逐渐消退了。最主要的原因就是没有能够承接的后辈，所以初一年级的学生们也是怨声载道。

"现在已经是三年级了，大家也该各走各路了！"社团的氛围变得紧张起来，会员们的脸也开始

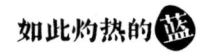

一个接一个地从活动中"消失"。

　　智友她似乎也已经厌倦了这突如其来的名气,上传到论坛的画作也以非公开的形式出现。从一年级学生那里收到的礼物并没有让她开心,有谁夸赞她的画很了不起也不能使她高兴。

　　"看来是白展览了一场。"

　　在这之后她也说了一些类似后悔的话。

　　如果是我的话,应该会完全陶醉于自己此刻的人气之中。或许智友她并不把这些人气放在眼里,而人气对我而言也不过是那些大张着嘴的孩子。

　　可我就是喜欢这样的智友,即便她露出失望的表情对我说:"原来你也和其他孩子一样啊。"

　　我也会说:"嗯,一模一样。"我的内心就是如此。这就是我的结论。

麦当劳和"蓝"

　　啊,再这样下去要迟到了。

　　我打开了锁在公寓警卫室前支架上的自行车锁,

第一部分 窗外的智友

又将白色帆布鞋的鞋带系紧了一些。最近的天气已经热到让人想要把头发扎起来了,可是骑自行车的话,又有点舍不得扎起头发。不然还是把头发剪了吧?

为了加快前进的速度,我抬起臀部用力蹬起脚踏板来。公交车从自行车旁边嗖嗖地驶过,鼻子里也隐隐散发出一股热乎乎的灰尘气味。

不知不觉间,嫩绿的新芽已经爬上了道路两边大树的枝丫,远远看去像是一层绿色的肥皂泡。清风带来一阵让人畅快的凉爽,这就是春天啊,一个令所有人情绪饱满的季节。

而我,还在矫健地蹬着脚踏板。

驶入十字路口后,就能看到"蓝"的秘密基地——麦当劳了。这个卖场还提供二十四小时"得来速[①]"服务,这是我刚上初中的时候,加油站附近新建的卖场。这栋建筑在整个小区里都算是比较不错的,所以来这儿的顾客也基本上都是约会族、和我们同龄的孩子,还有一些穿着整洁的大人,客人的类型多种

---

① 即汽车购餐车道餐厅。顾客驾车进入购餐车道,不需要下车就可以进行点餐、付款、拿取产品,之后驾车驶离购餐车道。

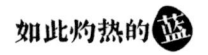

多样，总是把这里"塞"得满满当当的。

"侑利，在这里！"恩洙在麦当劳的二楼向我喊道。

除了她以外，还有智友、惠玲、恩雅。大多数时候社团聚会能到齐十个人，可今天算上我只有五个人。

我"嗯"了一声，回应着恩洙，脚下的步伐也变快了起来。

当然也不能忘记微笑。

"呼——好热。"

我一边用手扇着风，一边找了个位置坐了下来。

"来了。"智友看了我一眼说道。

"嗯。"

我一直盯着智友看，智友她一般不会这样的。她的眼睛向下垂着，用盖着盖子的马克笔在桌子上画着东西。哎呀，明明凌晨的时候还发了那种短信给我，现在又装作一副若无其事的样子。

不过我也不准备说什么，只想找点事情来分散我的注意力，心思却止不住地停留在智友的身上。

第一部分 窗外的智友

"什么呀,一来就盯着智友的脸看,喊!"

惠玲噘着嘴巴。惠玲她大概觉得这个表情很可爱吧。事实上也确实有一点可爱。

"没、没有,是因为太热了。不过大家怎么都不上传图片呢?是在无视我吗?"我也像撒娇一样嘟囔道。

"嘻嘻,所以大家是因为部长要来,太过紧张才早早就到了吗?"我接着说道。

"你真是做什么事情都随心所欲!明明身为部长,居然以什么'节日综合征'这种不像话的借口,一整个月都没有管理论坛!"惠玲对着搬家后疏忽了"蓝"社团活动的我训斥道。

"就是啊。"恩雅也撅着嘴说道。

智友依旧是一副若无其事的样子,恩洙只是笑着没说话。

大家好像都有些生气,但每个人的初衷都是好的。我确实好久都没有组织过"蓝"的活动了。

不知怎么的,上个月的活动一次都没有举办起来。作为部长的我责任重大。

如此灼热的蓝

"嘿嘿,我这个部长上个月确实玩过头了,从现在开始,我会更加努力的!"

我双手合十,做出一副"许愿"的样子,然后喊着:"今天我请客!"随即迅速跑下一楼点餐。

恩洙也跟着我走了下来。我说:"怎么了,我没事的。"

恩洙说:"怎么没有,刚才智友……"说着说着,她就提到了智友。

"怎么了?"

"智友刚刚在洗手间里吐了。"

"是吗?她生病了吗?"

"她说不是,还说自己没关系,让我不要告诉任何人。"

"那看来就是真的没事了。"

"是吗?"

"先上去再说吧。"

恩洙原本就是个喜欢操心的人,智友也是有点奇怪,所以这个情况也很难判断智友是不是真的有什么问题。这种时候,正面进攻就是最好的办法。

第一部分 窗外的智友

我把点好的食物放在桌子上,拿出一根薯条蘸好番茄酱递给智友。

"来,礼物!不过尹智友,你身体还好吗?"

"嗯。"

智友马上就接过薯条,脸上还带着一丝微笑。于是,我眨了眨眼睛,向恩洙发出信号。这就没问题了吧?

"好,那我们开始吧?"

我们相互传递着恩洙事先准备好的漫画用纸,接着在纸上画起了四格漫画。这是我们从去年开始就经常做的随机四格漫画练习。

智友一拿到漫画用纸,就率先唰唰唰地定好了框架。

我的第一格画什么好呢,我画了漫画《阿兹漫画大王》中的千代,手里拿着一张写着十分的试卷,漫画的题目是《为什么?》。

惠玲拿到漫画纸后,画的第一格漫画是留着苹果头、穿着印有黑豆字样T恤的我,题目是《黑豆的失踪》。所以我在第二格中画出了变身为"睡美人"的

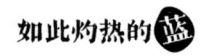

我。就这样等大家把五张漫画都画好后，一个小时就过去了。

我们决定对其中两幅画进行补充工作（勾线和涂黑）后上传到论坛。一幅画由恩洙开始，智友来收尾；另一幅画由惠玲开始，然后按照我、恩洙、智友的顺序来完成。就是那幅以我为主人公的漫画。

我不知怎么的忽然害羞了起来，将油腻的炸薯条蘸满番茄酱，然后嘻嘻地笑着塞进了嘴里。又将可乐杯的盖子揭开，把冰块倒进嘴里咯吱咯吱地嚼了起来。紧接着就和智友对视了，我不由得嘻嘻地笑了一声，智友也对着我微微一笑。

我今天真的很爱笑啊！也是，毕竟春天到了嘛……

绘画工作结束之后，我们便进入了闲聊时间。大概是因为大家刚进入三年级两周，聊天的话题大多是关于不想看到的同班同学和新班主任。这样看来，只有智友和恩洙成了同班同学，其他的人都分散在不同的班级中。

我向来对同班同学漠不关心，只要班主任不拖堂我就心满意足了，所以我实在是没什么可说的。虽然

第一部分 窗外的智友

我看起来是个没有怨言的女孩,但你可千万不要误会了,遇见个不拖堂的班主任可比想象中要难得多。

总之,我们花了一个多小时的时间在聊天上,然后大家一致决定要去首漫,确定好相关事项之后就分开了。

起因是惠玲前不久新买了数位板,以及大家在琉璃网[1]的留言板上看到了关于首漫的信息,于是就突然提议说期中考试结束后去首漫。再加上不知为何,智友也爽快地点头了……

---

[1] 韩国的电子游戏专门网站及论坛。

智友——听不见的声音1

能够相信她吗?

哎,我眼前的街道看起来那样明亮且平和。太阳照射出温暖的光线,青草的香气随清风散落满地,到处都看不到悲伤的痕迹,一切看起来都是如此干净。走在这样的阳光下,周遭的一切都仿佛是一个谎言。

慧星死了,慧星这样的孩子也曾存在于这世界

第一部分 窗外的智友

上。现在，我的眼里却连一滴眼泪都没有。

★

我总是面带微笑，只要和某人对视，我的脑海中就仿佛听到了命令一般："笑起来！"我感觉自己就像是被收藏在柜子里的玩偶一样。我对侑利也是如此。

侑利她好像很喜欢看我笑，她大概觉得我心情还不错吧，真是万幸。我只是早上喝冷牛奶喝得太急，胃不舒服而已，仅此而已，与其他事情无关。

可我到底是怎么了？我在期待些什么呢？为什么一个人呆呆地站在这里，看着侑利远去的自行车说再见，说着"真是万幸"……

为什么？为什么我总是想要对侑利说些什么？幸好，我没有这么做。

（我想要说什么呢？）

从很久之前，侑利将漫画书从书柜里抽出来的那天，就有这种感觉了。侑利用手指滑过那本书的书脊，拿出漫画书说道："哇，这书名真不错，

如此灼热的 蓝

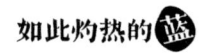

《黑洞》……"

书页扑扑地向后翻去,"要不要咻地掉入黑洞里?"随着书页的翻动,侑利脸上的表情也逐渐僵硬起来,当最后一页书页盖上时,她犹犹豫豫像是有什么话想要对我说似的,我的嘴唇也不自觉地向前耸了耸。

也许我一直在等待,等待侑利来问我。就比如:"这是从哪里来的?你买的吗?"如果是那样,如果侑利那样问的话,我能够说出口吗?那些被我紧紧束缚住的话语,是否就会像这样,啪一声断裂,然后争先恐后地冲出我的嘴巴……

拿的,那是我拿的。

我慢慢地数着自己的脚步,数到第十六步的时候,还是没有人来抓住我的脖子……忽然什么声音都听不到了,只有自己的心跳声在耳边回响着,就像是有人在抽动我的心脏一般。那天,我在书店外面站了很久,听着自己越来越大的心跳声。或许我是在等着有人来追我,有人来抢过我的小包,拿出我藏在包内的漫画书,用它来砸我的头,对着我骂脏话。

可是那天侑利只是问我,漫画的内容有没有意

第一部分 窗外的智友

思,我回答说没有。听到我的回答,侑利开心地笑了。真是万幸,其实我并没有读过,因为我从没打开过那本书。

只是,为什么会那样呢?

真是万幸,那直到最后都想要向侑利吐露心声的冲动,以及好像马上就要从我嘴里蹦出的,慧星的名字。

万幸这些,都被我的恐惧所束缚了。

我知道。我不可能那样,即使侑利那样问了我。

(你不能说,一切都已经晚了。)

要记住,我要记住的只有那些:回家、微笑、让妈妈放心,让她知道我不需要人来安慰。现在马上回家要零食吃,去听"EBS内审满分线"[①],然后认真做笔记,如果不想再被利刃划伤的话。

★

答应我,不要被妈妈看见,不管是什么。

---

① 补习教育类的讲座。

如此灼热的蓝

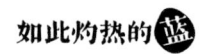

妈妈小心翼翼地观察着我的脸色,好像有什么话要说似的在我周围徘徊。我很自责,我很怕黑暗中的我会止不住哭泣。

是我把妈妈变成这样的。听到慧星消息的第二天早上,妈妈看到了我肿胀的眼睛。

"啊,真是的。"妈妈眼泪汪汪地伸手想要抱住我,"对不起,妈妈真是对不起,莫名其妙地提起了慧星……"

但是我推开了妈妈,妈妈她好像也被我抗拒的行为给吓到了。她擦了擦眼角,好像要解释自己的行为:"我这是怎么了……嗯,没分寸……理智。对不起。"

我什么也没说,或许是我脸上的表情有一些扭曲。

我躲进厕所,洗了很久的脸,我很害怕。

就像是刚搬来的时候妈妈说的那样。

"慧星再也不会找来了。"

我不想再听到那种安慰了。

"你去参加一次美术英才考试怎么样?这有助于摆脱那些不好的想法,帮助你集中精神。"

人可以笑着。

越是受过伤的人，
越是希望身边的

灼如此
热的
谜

爱是一种力量，它强大而美丽。能够帮助我们抵御人生中种种磨难。

이른 듯 뜨거운 파상

灼熱的瞬間如此的篮間。

第一部分 窗外的智友

我不想再听那种提议了。不知道妈妈是不是已经忘记了,可我记得很清楚。妈妈的安慰和提议让我感到安心,但同时也让我意识到我是多么坏的孩子。这一切就像是一把刀刃一样。

我紧闭着嘴,点头同意了妈妈的提议。我曾因此而感到安心。

妈妈认知里的慧星,我就那样抛弃了她。虽然可怜,但也是让我痛苦的孩子。与我相隔万里,再也联系不上我,令人放心不下的,坏孩子。

不是,不是那样的。她不是那样的孩子。真正坏的是我。

可我什么都没有说。妈妈的怀抱将慧星变成了"更坏的孩子"。

★

深夜,我握着手机犹豫不决。我始终认为那样不

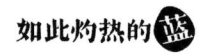

行，不可以那样。侑利，我好害怕。我已经起鸡皮疙瘩了。那只是一场噩梦，是我对自己下的诅咒。

你到底想说什么？慧星啊，拜托，快走吧，我受够了。到此为止，放过我吧。

就像是噩梦的前奏一样，让我一次次回想起那个瞬间。

令人作呕的栗子花腥味扑鼻而来，深绿色的树林里，一棵棵高大的树木围绕在我们的身边。繁茂的树枝在月光的映射下，形成了无限膨胀的阴影，仿佛一个不断打转的巨大圈套。割破我脸颊的细长树枝、潮湿的泥土、我身后的男孩的口哨声、湿滑陡峭的土路、我的喘息声、黑暗的道路以及那条路上回响的我的脚步声……

（慧星死在了那条路上，独自一人。）

那锋利刀刃不是在妈妈的安慰里，而是在我的脑海中。

唯一让我感到真实的，就是夜晚的噩梦。我的后

第一部分 窗外的智友

背湿漉漉的，身体蜷缩得像虾一样，呼吸急促。树枝"抓破"了我的脸颊，我的脚底深深地陷入泥土中，和不知从哪里涌来的虫子粘在一起。

"看看那个丫头，像疯了似的逃跑。""喂，去把她抓回来！"我能听到那些男孩的声音。树林被皎洁的月光所覆盖，呼呼啦啦的栗子花仿佛也在追逐着我。我一瘸一拐地向前跑着，手上沾着湿凉的泥土。可我丝毫不敢回头看，因为慧星就在那里。

我只在刚刚醒来的时候哭泣，每到这时，我都会屏住呼吸，双手紧紧地抓住被子。房间里薄薄的棉窗帘有一些潮湿，我就这样醒来直到天亮。

远处传来了咆哮般的摩托车声，窗沿下某个地方晃动的树叶声，桌子上嘀嗒嘀嗒旋转的手表秒针声……我蜷缩着钻进被子里。

通过这些我也明白到，我哭泣不是因为伤心，而是因为害怕。然后静静地等待，等待那如谎言般明亮的阳光。妈妈、侑利、人来人往的街道，都在那片阳光下等待着我。在那里，我可以瞒着任何人将刀刃藏在口袋里。

我听见妈妈走了过来,妈妈的脚步声,妈妈的气息,妈妈现在要打开我的房门了。她会问:"你睡得好吗?"我会夸张地点点头,然后揉揉眼睛。就好像自己还很困,在和她发牢骚似的……接着露出笑容。

静静地,妈妈的脸上也浮现出淡淡的微笑。啊,现在没事了,应该可以安心了……这些内容写在了妈妈的脸上。

这正是我想要的。

第二部分
在一米高的地方咯噔咯噔

最好的时候

"当你感觉最好的时候也就是最危险的时候,那时候心脏扑通扑通跳得最厉害。"

爸爸这样说道。

"幸福就是把不幸放进口袋里。"

妈妈也附和道。

如此灼热的蓝

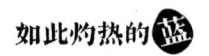

"幸福是这样吗?这句话听起来很酷呢。这次要一起去吗?"

爸爸擦了擦鼻子,用遥控器挠了挠头。

"不清楚,是幸运吗?我记得好像是这样的。"

妈妈去翻书了。近乎同一时间,爸爸也突然站起身来,拿着遥控器,对着电视剧里的主人公哀切地喊道:"真让人尴尬。"

孩子,当你感觉最好的时候也就是最危险的时候,幸福就是把不幸放进口袋里。啊,真是,叫人怎么办才好!

如果不是因为爸爸那"夸张"的最后一场戏,我怎么可能记得住这句话呢。一分钟前,我还在说:"你们到底该去哪里?"爸爸他最近时不时就和妈妈一起出去。"去哪儿?"我插嘴问时,他却又悄悄地转移话题说:"豆子,是有这种说法的。"而且妈妈的回答始终是"不清楚"。

喊,谁稀罕知道啊,我对着他们两人哼了一声。

第二部分 在一米高的地方咯噔咯噔

这时一股饥饿感涌上心头。

请不要对我这突如其来的饥饿感到惊讶。当时那个场景下的所有情况是这样的,星期日,将近下午三点的样子,他们两个人穿着睡衣(准确来说,就是用那种领口已经变形的纯棉T恤组成的情侣睡衣),像一对乌龟似的贴在沙发上。妈妈的目光集中在她通过二手网站线下交易系统"斩获"的日本漫画家古谷实的漫画书,爸爸枕在妈妈的大腿上,手中握着遥控器,沉浸在因童星倾情出演而备受欢迎的古装剧中。也就是说,他们根本没有把正在为了期中考试而努力的(虽然有夸张的成分)女儿的午餐放在眼里,如果此刻女儿去煮泡面的话,会喊出"我们俩的也拜托你了"也不奇怪。

所以我"顶着"饥饿的肚子看着他俩,期待着他们会不会注意到我,可他们两人始终没有关注到我。那天的最后,我还是煮了三人份的泡面。

不过我现在提到这个话题的理由,并不是为了诉说当天的委屈。因为我现在也变成了那样,就像是他们俩的谈话一样。更确切地说,就像是爸爸最后那

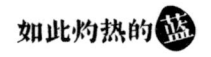

夸张台词一样。变成了"嗯，嗯，嗯"这种尴尬的关系。

二十四站

所以我花了一个小时四十五分钟，恍恍惚惚地跑了二十四站，然后扑通一声陷入了"危机"。

那天我刚刚尝试了新的"豆式风格"，大家一看到我的"豆式风格"马上产生了浓厚的兴趣。恩洙的"看起来很凉爽"大概就是其中最为善意的评价了。这次我把头发剪得很短，几乎可以说是"生猛"的程度。期中考试结束那天我去了美容室[①]，刚开始只是想稍微修剪一下刘海，只不过忽然就想弄成这样了。

希望大家不要误以为我这种行为是因为期中考试的冲击而造成的，觉得我是因为一时冲动才做了这样的发型。相比起这个，说我是被感情蒙蔽了双眼，还更为贴切一些。

---

① 韩国对美发店的叫法。

第二部分 在一米高的地方咯噔咯噔

"这是新的豆式风格,还不错吧?"

我已经完全被我的"豆式风格"给迷住了,一直在说自己的头发该怎么弄,恩洙和智友打断了一直念叨着头发细软等话题的惠玲,急忙赶去了地铁站。想要到达我们的目的地"首漫"的话,即便是按照地铁最短路径移动,也需要换乘两次、经过二十四站。不过我们这些人,今天可是异常宽容,任什么事情在我们眼里都是"小菜一碟"。所以区区二十四站的旅程对我来说简直不在话下。

大概是周日早晨的缘故,地铁站里也十分冷清。虽然能看到一些穿着登山服的大婶、大叔,可车厢内仍旧有很多空座位,而且非常安静。我们刚一上车就找到了座位,只不过还是没有四个人连在一起的座位,所以智友只能单独坐在一边。

我们几个比任何时候都要亲热,我们看着坐在对面的智友,小心翼翼地嘀咕着。"啊,她真的好安静啊。""嗯,智友的衬衫太漂亮了。你穿的话就没那么好看了。""豆子,你不是也一样!""我今天调好闹钟睡觉了。""做得好。恩洙,你好

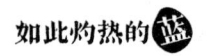

像瘦了。""没有,哪里瘦了……恩雅为什么不来?""啊,说是要上什么加强补习班。""啊,什么呀,自己一个人'装'好学生。""肚子好饿。""喝点牛奶吧?""我对牛奶过敏。""什么啊,张嘴!""你想死吗?""不,我那是爱你!"

一有空我就会向智友递上一个"我好崇拜你"的眼神,可智友只要一和我对视就会马上转过头去,又开始"装模作样"了!不过还是很漂亮。智友穿着一件微微盖住臀部的宽松蓝色格子衬衫和一条深蓝色的紧身裤,脚上穿着一双浅绿色的POLO单鞋。就连平时用发带乖乖束在一起的长发,今天也散开了,只将一边梳在耳后。这身可爱的装扮可以说是非常girl的装束了。

本周,智友也一如既往地给我发送了"凌晨短信",继"我是坏孩子"之后她一共给我发送过十三次"凌晨短信",这周发送了两次。

一次在两点——

下雨了!

第二部分 在一米高的地方咯噔咯噔

一次在三点——

好安静，令人害怕。

几乎每次都是到了早上我才看到（只有一次是大概两小时后我就看到了，那还是因为我凌晨四点起夜上厕所），自从智友开始凌晨给我发送短信后，即便是把手机放在枕头底下，也没办法把我叫醒。再加上考试期间，不知道是不是有什么灵验的"睡鬼"附在我的身上，只要躺在床上我就能一觉睡到天亮。

傻瓜！傻瓜！去死吧！

我真的很难原谅附在我身上的"睡鬼"，以及我那石头一样迟钝的听力。总之，我经常到了早上才慌慌张张地回复智友的信息。

啊，下雨了，请把我的睡眠带走。

说实话，我每天都在等智友的"凌晨短信"。（如果能够预测智友会在几号几点给我发信息的话，

如此灼热的蓝

我真的会把胶带贴在眼皮上等待的。)就像是隐藏的秘密交流的证据一样,智友的那些"凌晨短信"都被我搬进了永久保管箱。每次这样做的时候,我的心都会扑通扑通地跳,脸也会无缘无故地发热。不知道怎么回事,我甚至还会感到有些不好意思。

要是智友在学校里也对我特别亲切的话,那"凌晨短信"什么的就会变得平平无奇了。但是,智友在学校里总装出一副若无其事的样子,仿佛从来没有给我发过那种信息一样。

有时候,我会无缘无故地跑去问智友:"干什么呢?"只为了看她一眼。

她明明和我在走廊窗外对视了,却还是转过头看着窗外。直到我一溜烟地走到智友的位置时,她才会露出"来了?"的表情,用一种阴沉的眼神。啊哈哈,当然是那种眼神,我随便一猜都猜得到,毕竟我认识的智友一直以来都是这样的。

我和智友只在"蓝"聚会的时候才会见面,进入三年级后,我们只在第一次麦当劳聚会后又进行过一次"蓝"的聚会,所以她在我面前总是装作一副若无

第二部分 在一米高的地方咯噔咯噔

其事的样子。

在其他孩子意味深长的眼神下,我只买了智友最喜欢的奥利奥麦旋风给她,只不过被她送给惠玲吃了。惠玲兴奋地说"哎呀,怎么这么贴心呀,这是友爱的表现吧",大概就是因为这个,在我眼里,她这种行为就像是个"害羞的朋友"。也就是说,我不仅不会讨厌智友的行为,反而觉得她看起来很可爱。

这天的天气和我执意要做"豆式风格"的那天差不多,因为是期中考试结束的日子,智友、我还有恩洙都怀着"啊,好爽快!"的心情一起去了书店。

在学校附近最大的书店里,我们并排站在一起,翻开了 *Vogue*、*ELLE*、*NANA* 杂志的封面。虽然做杂志简报不一定需要最新版的杂志,可如果看到喜欢的照片的话,我还是想过要买一本。智友她却一直盯着其中的一页看着。那是一张瘦削的法国少女模特的照片,瘦得像非洲难民一样,而且衣服的风格也有些破破烂烂的。可我还是从智友的眼神中看到了"满意"的神色。

我问她:"喜欢吗?"我又问她,"哪儿?"

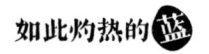

她回答道:"头发。"

呜呼,就是这样。我就是因为那个,才做了"豆式风格"。嗯,只是怎么看都不像是杂志上看到的那个女孩。

★

终于,我们结束了两次换乘二十四站的长途旅行,到达目的地后,我们都显得有些兴奋,就像是赶着通过换乘通道时一样,奔跑着走出了检票口。出站后最先映入眼帘的就是那些准备Cos的孩子,卫生间入口、车站地面、地上通道阶梯,所有醒目之处都是"Cos派"的身影。他们不顾周围人的视线,换衣服的换衣服、装扮的装扮,乱哄哄地闹作一团。他们好像也知道自己是这里的主人公一样,所有人都毫不掩饰地"显摆着"。

被羡慕和细微的嫉妒包围着的我们,不自觉地耸了耸肩,毅然地从Cos派身边走了过去。

走出地铁站,春日的阳光洒了下来,广场上挤

第二部分 在一米高的地方咯噔咯噔

满了人,大家都在"等待"着我们。远处隐约能够看到身着华丽服装的Cos派,站在一旁瞪着大眼睛的观赏派,还有隐藏在人群中的生意派。这一切就像是在等待着我们出现一般,这不真实、又充满了诱惑性的风景,仿佛在对我们大喊"准备好了吗?"。就在这时,我偷偷地握住了身旁智友的手,我不知道自己为什么会这样,智友竟然也任由我拉住她。惠玲喊道:"走吧,走吧!"

不知怎么的,智友和我、惠玲和恩洙就像是互相鼓劲一样,手牵着手向前走着,智友和我跟在惠玲和恩洙后面。走了一段时间后,就看到了戴着《20世纪的少年》和《朋友》面具,肩膀上围着黑色包袱皮的男孩。(或许那个男孩只是单纯地Cos"朋友"而已,那一刻我感觉,这大概就是爸爸所说的"最好的时候"了。)

"原来是'朋友'啊!应该没花多少钱吧。"我在智友的耳边悄悄地说道。

"谁?"

"啊!你没读《20世纪的少年》吧?"

如此灼热的蓝

"嗯。"

"很好。"

"……"

"就是那部漫画里的反派。"

智友点了点头。

不过那个男孩好像一直在盯着我们看,准确地说是盯着智友!我心想"哎,他这是干什么呢?",一直用别有用心的目光打量着智友。说实话,智友那天确实特别漂亮,所以我也完全能够理解那个男孩的心情。智友她确实值得大家的关注。至于我吗?我呀,就没什么可看的了,土气又时尚的蓬松连帽衫,沾满墨水的七分卷边牛仔裤外加短短的头发。虽然我也不是硬要说自己的造型很丢脸,但我实在是无法原谅那个男孩看向智友的目光。我向那个男孩报以暗示性的微笑,就是在暗示那个意思:"你,不行!"虽然不知道他脸长得怎么样,但矮个子、窄肩膀、瘦得不像话。那个鞋子里也是垫了增高鞋垫吗?还有他这个时尚感是从哪里培养的啊?红色条纹T恤配蓝色工装短裤,难道是想要做补色吗?

第二部分 在一米高的地方咯噔咯噔

我拉着智友，朝着已经走向远处的惠玲和恩洙跑去。

我很快就忘记了那个男孩，我们四个人紧挨着嘀咕道："他们好可爱啊。""嗯，真不错！""真酷！"，我们对所有引人注目的事情都是这样的评价（但也不全是吧，大概是因为我们只注意到了美好的东西吧？），而且观看的过程中也动用了我们所有的动漫知识。

"哦，奥卡拉和小提琴！"

"原来他们是《魔法少女奈叶》的音乐Cos啊。"

"啊，她们是刚才的《蔷薇少女》！不爱说话的蔷薇水晶。"

"那是《驱魔少年》……这Cos的是谁呢？"

"是神田优嘛！这制服、锤子、靴子，应该花了不少钱吧。"

"嘿嘿，读读看他手里拿着的东西。"

"还有这样Cos的人呢。"

我们站在那里读起了一个Cos神田优的人手里举着的牌子。

如此灼热的 蓝

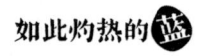

"你认识我吗？不会吧，你连我都不认识。我不允许。我是神田优，我是喜欢荞麦面的神田优，冷静又残忍的神田优。别回头，你终将被我抛弃！"

可是大家都很兴奋，我们一起读着牌子上的最后一句话，声音越来越大。因为我会被抛弃，我们都会被抛弃！最终你也会被抛弃！（哎哟，当时没有发现，现在想想实在太伤感了。）

朋友，那个男孩1

我们大概在广场上多待了三十分钟，然后就买票进入了室内活动现场。一进入场地内部，一股猛烈的窒息感便席卷而来，感觉室内的氧气含量正在急剧减少。我喘着粗气在活动现场东张西望，活动现场像是一个巨大的仓库，高耸的天花板、水泥铺设的地板，场地的中央密密麻麻地摆放着临时的展示隔板。阳光透过窗户从高高的围墙外照射进来，形成一道道长长的光束，在阳光的照射下，灰蒙蒙的浮尘颗粒像沙粒一般闪闪发光。

第二部分 在一米高的地方咯噔咯噔

啊，这些灰尘全都吸进我的鼻孔里了，我正说着，惠玲忽然对着我的耳朵窃窃私语道。

"像蚂蚁一样。"

"蚂蚁？"

我回头看向惠玲手指的展台皱起了眉头，我明白她为什么这样说了。

从我们所站的展台外向内看去，那些在展台之间穿梭的入场者和看守展台的社团会员、活动进行要员就像是熙熙攘攘的蚂蚁群一样。尽管如此，我还是看得很开。我认为，如果和喜欢的人在一起，即便去地狱也是好的。只不过这种话说出来，屁股会被人踢开花吧。总之，当时的我认为当蚂蚁也没什么不好的，如果是和智友在一起的话。

"那我们也去'变成'蚂蚁吧？"

我拉着智友的手走在前面。穿梭在人群的夹缝中，像鱼一般游走在各个展位之间。可是不知从什么时候开始，他……他……不是刚刚Cos"朋友"的那个吗？我的视线卡在了那个男孩身上，虽然摘掉了假面具，但还是保留着让人难以忘怀的土气。紧接着我

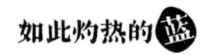

就和那个男孩对视了,没想到那男孩看见我后竟然咧开嘴笑了。啊,什么呀?我嗖地把头转了过去,很怕回过头后又再一次和他对视,所以我始终都没有再回过头。尽管如此,我还是十分在意,于是我强硬地喊着:"智友!我们去那边吧!我们都落后她们了。"幸好有惠玲在,我这夸张的行为才变得没有那么明显。

惠玲那天真的非常夸张,嘴里不停地说:"首漫也堕落了!越来越贪钱了,也没什么可买的。"她一边嘟囔着,一边率先买了一个购物袋,每进一个展位就买各种各样的周边①放进去。恩洙悄悄地购买了几张类似于《符文之子》的周边贴纸。不过智友却只是翻了翻每个展位的会刊,什么都没有买。

"要给你买那个吗?"

我问了两次她都说不要。我从一开始就只打算在展位边缘的漫画用品柜台购买灵猫牌的漫画网点纸和工具刀。所以我只买了一个《洛奇Mabinogi》徽章。

---

① 国内习惯用周边产品来定义动漫相关产品。

第二部分 在一米高的地方咯噔咯噔

转完所有展位后,我们从展会边缘的通道走了出来,回头一看,那个男孩已经不见了。我心想"他放弃了吗?",没想到肚子咕噜咕噜不合时宜地响了起来。啊,我什么都没做啊。我难为情地摸了摸肚子,然后看向了智友。这时,智友忽然说自己头疼,看到智友这样,我觉得自己的头都疼了起来。"很疼吗?"智友用一只手扶着额头说:"没有。"这明明就是很疼的意思啊。可我的肚子又咕噜噜地响了一声,再加上惠玲又说"啊,啊,等一下,等一下",然后又独自跑回展位那边。虽然刚刚都说下一次再也不会来展会了,可没想到惠玲现在都还没放弃。

"怎么办?"恩洙担心地问道。

她这样问的意思是,智友生病了、惠玲去展位忙自己的事情、你的肚子又饿了,现在我们该怎么办才好?

"你怎么样?"

恩洙也显得有些疲惫。

"我去趟洗手间……"

"嗯?快去吧。快去快回。"

呼呜。

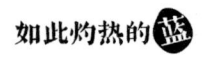

我观察了下四周,能够让智友暂时休息一下的地方,只有那个插图展示场后面的角落。"要不要去那边等?"智友点了点头。我还给恩洙和惠玲发了短信,让她们到时候去那边集合。

周围的孩子看到智友面色苍白站都站不住,马上拿来了已经坐出痕迹的厚箱子让智友坐下休息。

"要不要我去小卖部给你买点饮料?"

"……"

"水怎么样?"

智友这时才点了点头。现在回想起来,走这几步去小卖部还不如直接带她去餐厅,那里应该还有椅子。

啊,你这个傻瓜!

当我慌慌张张地再次走向智友时,发现她面前站着一个人。光看背影我都知道他就是刚才那个男孩!他不是已经放弃了吗?怎么回事?他难道是在调戏智友吗?

我呼哧呼哧地朝那个男孩走了过去。

第二部分 在一米高的地方咯噔咯噔

可是……我听到——

"你是尹智友吧？"

那个男孩嘴里吐出了智友的名字。他是智友认识的人吗？怎么办？要装作认识他吗？还是不要？我软弱的行动力让我犹豫不决起来。坐着的智友被那个男孩挡住看不见表情。

"真是奇怪的家伙。是就是，不是就不是，说就完了。你不认识慧星吗？"

慧星？

我决定再观察一下。

"认识……"

虽然声音很小，若有似无的，但我能听出那是智友的声音。

"认识啊，那就对了！"

那个男孩的声音变得傲慢起来。

"我，那个，该怎么说呢？我是慧星认识的一个哥哥，就算不是，她也让我去你上的那个，叫什么恩淑女子中学的地方找过你。但是能在这里见到你，还真是命运啊。不管怎么说，慧星之前总是拿着你的

如此灼热的蓝

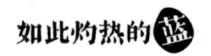

照片跟我们说智友姐姐怎么怎么样,我一看就知道是你,又怕认错了,就一直跟着你。"

那个男孩准确地叫出了智友还有我们学校的名字。

"不过,你知不知道慧星死了?"

嗯?死了?

"什么啊,你那是什么表情?好吧,这里也不是说长篇大论的地方,反正我有东西要给你,所以记得联系我。"

那个男孩把手伸进自己工装短裤的口袋里,翻了很久终于翻出一张类似便笺纸的东西。

"没必要!"

是智友,智友大喊了一声。

"什,什么?"

"……"

"现在看来,你可真是个坏女人。神经病!怎么会有你这样的女人!慧星死了!你听不懂我说的话吗?!"

啊,什么呀,那家伙。为什么要骂智友啊?

第二部分 在一米高的地方咯噔咯噔

我不由自主地尖声喊道:"喂,你干什么!你为什么要这样?"我冲着那个男孩的背后大喊着。那个男孩回过头来看了一眼。

"啊,是你?花生头。"

那个男孩咧开嘴笑了。我目光如炬地瞪着那个男孩,然后朝智友走了过去,智友的脸色比刚刚更加苍白了。

"那你又是谁?"

我气得青筋都暴了起来。

"我?我就是我啊,好奇的话就问问她吧。"

他用下巴尖指向了智友。

"我并不好奇。快走!她不是说了不需要嘛!"

"啊,那丫头是因为这个才烦躁的,花生你又是发什么疯?要不是因为慧星,我真想……"

那个男孩抬起手假装要打下来。大概是因为我一直瞪着眼睛,他扑哧一声又笑了出来。

"啊,我真的是看在我们善良慧星的面子上才忍住的。喂,你和那个小不点很像,你来把这个给她吧。要是不联系的话,我可不会放过你们。"

如此灼热的 蓝

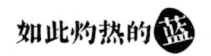

那个男孩向我扔来一张皱巴巴的便笺纸,然后泰然自若地转身离开了。

臭小子,臭小子。所以说这可不是什么好事。

我默默地坐在智友旁边。智友低着头用双手捂住了脸。这时候,我看到那个男孩扔在地上的便笺纸。该把那个捡起来扔掉吧?我又犹豫了。我正准备抬起屁股站起来时,惠玲的声音不知道从哪里传了过来。

"啊,原来你俩在这里啊,我们找了半天了。恩洙,孩子们都在这里。"

看样子她们两个准备过来碰头了。

"啊,智友看起来很难受的样子!"恩洙说。

"天啊,真是的。怎么回事啊,智友你很不舒服吗?""豆子你也不舒服吗?""你们两个的脸这是怎么了?"惠玲的声音提高了一个八度。

★

回家的路燥热又格外漫长。我偷偷看了智友好

第二部分 在一米高的地方咯噔咯噔

几次,她戴着耳机静静地站在那里。智友明明大声喊着说不需要,可她又捡起那个男孩扔的便签,放进了衬衫口袋里。"什么呀?那是什么?"惠玲刨根问底道,可智友始终紧闭着嘴,我也装作什么都不知道。嗯,无论如何,我也没法表现出知道什么的样子。

我很不安。

那个男孩……死了的慧星……然后是智友!

笨拙的安慰

于是我开始失眠了,那个从出生以来一次都没说过"睡不着"的我。

时间已经过了十二点,我却依旧睡不着觉。我躺在床上翻来覆去,嚯地坐起来,又重新躺下蒙起被子。这一系列动作,我从十一点就开始做了。任谁遇到这种事情应该都会坐立不安吧,我怎么想也想不明白,那个男孩为什么要那样。那个男孩看起来真的很不开心……我又重新梳理了一下:那个男孩和智友今天是第一次见面;他们两人之间夹杂着死去的慧星;

智友说她认识慧星；那个男孩亲口说自己是慧星认识的哥哥，所以慧星和那个男孩是很要好的关系。可慧星又是谁呢？还有那个男孩到底要给智友什么？他为什么又要给我呢？还是他其实，没什么可给的东西，单纯没事找事而已？从当时的气氛来看，这也是完全有可能的。但是智友的反应又……从"恩洙和她的事件"之后，我再也没有看到智友以这种方式对谁大喊大叫过。嗯，我的脑子已经开始混乱了！我也明白，直接去问智友，听听智友的解释就可以得到答案了。要不要问问？这不是单纯的好奇心，也不是想要干预什么……对，就是很担心她，所以想要制定出对策。谁知道那个男孩之后会怎么样呢？他连我们在哪个学校都知道。我怎么知道他会对智友做些什么？可我究竟该怎么问呢？嗯，嗯……不管怎么想，也只有正面出击这一个对策了。对，正面出击！我握紧拳头站了起来，为了避免自己继续犹豫不决下去。我点开了手机屏幕，现在时间是12：45，紧接着打开了文字窗口，嗒嗒嗒。

第二部分 在一米高的地方咯噔咯噔

你会联系那个男孩吗?

不对,这个。看起来像是在刨根问底。再来。

那个男孩可能会找到学校来,我们需要制定对策。

不,不对,这也太夸张了。再来,再来。

西红柿!我很担心你,也有点不安。你还好吗?

呜呜,打完这串字,我自己好像都要流眼泪了。
对,这就是我的真心。我这才按下发送按钮,等待着智友的回复。啊,但是……我又像个傻瓜一样睡着了。直到三点为止我都还醒着呢。我抱着侥幸心理眯了一下……醒来一看,手机已经掉在了床底下。

"这是一部让人既不安又担心的动画片吗?呼呼地睡得可真香。"

我慌慌张张地捡起手机查看短信。

如此灼热的 蓝

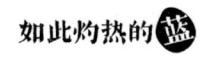

可是并没有任何,来自智友的回复。

我一下子就泄气了。看来她还没有看到。你总该要面对的嘛,费尽心思想来想去还都是同样的结果。可我还是抱有一丝侥幸的心理,去卫生间的时候也带着手机。她不会是生病了吧?脑海中一下子蹦出了这样的想法。于是我匆忙穿上校服跑出去了。

"要是不想吃早饭就直说啊,还能让我多睡一会儿。"

虽然妈妈对着我的后脑勺说了一些难听的话,但依旧没有挡住我在门口慌忙换鞋的动作。

只是没想到,智友乖乖地去了学校。当智友看到在班级走廊里徘徊的我时,用神经质的声音问道"干什么?",我惊慌失措地说"嗯,没什么。我走了",然后我便跑回了楼下自己的班级,心情复杂得不知道该怎么形容。虚无?虚脱?我怀疑是不是自己太过夸张了,后来又觉得"不,是智友太奇怪了"。啊,不知道,我也不知道。即便精神已经恍惚了,可我还是坚持揉着困倦的双眼听完了课,甚至还吃了学校提供的午饭。这种时候不是应该没有胃口才对吗?

第二部分 在一米高的地方咯噔咯噔

我一边吃一边想着。

大概是没吃早饭,午饭的味道变得格外好吃。我吃着调味的炸鸡腿,满足地打了个嗝。第五节生物课时我的饱腹感到达了顶点,席卷而来的睡意让我不停地打瞌睡。不仅如此,下课铃一响,我就立马瘫倒在了桌上。第六节课我从始至终都在"点头",直到下课铃声响起我才清醒过来。

大概是从那天起,我就在家里耍起了无赖。

"啊,好咸!吃太咸了会得癌症的!"

我对妈妈这样。

"把电视的声音调小一点!我现在可是初三的学生!"

我对爸爸也是这样。

这时候要是妈妈或是爸爸训斥我什么,我可能会更加使劲地闹起别扭来。而他们两位就会不约而同地露出"这次是闹别扭啊!"的表情。我总觉得我的父母在这些意想不到的方面表现得异常优秀,绝对不会因为子女而产生压力。

第四天晚上爸爸把我叫了过去。我磨磨蹭蹭地

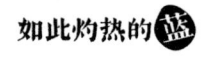

带着一副"没办法才来"的表情去了里屋。爸爸一边看经济新闻一边说："总之,这次一起去吧,亲爱的。""哦,这可是大事,以后会越来越难的。"他又是这样前言不搭后语地说着,同时一只手脏兮兮地拔着鼻毛。不久之前我就听说,爸爸所在的公司最近遇到了一些经营困难,老板已经两个月没拿到工资了,科长级别以上的职员也决定将本月的奖金都返还回去。我心想"话是这么说,可这脏兮兮的是在干什么啊",这时爸爸在运动裤上擦了擦手,转过头看着我的脸说:"有什么想跟我们说的随时告诉我们,知道了吗?"于是我也借机发神经地说道:"不要当着女儿的面拔鼻毛!"没想到,旁边的妈妈忽然莫名其妙地说:"我没那个自信,你自己去吧。"这都是什么啊。"尽管如此,爸爸妈妈还是很关心我的啊"这种心情也一下子就消失了。

对了。

这次的事情我好像没有办法对爸爸和妈妈任何一方诉说。因为我感觉自己一定是被讨厌了,如果对象不是智友而是男同学的话,我大概早就已经向他们

第二部分 在一米高的地方咯噔咯噔

挑明了，然后对他们说："那家伙可能是一夜之间变了，然后就故意假装不认识我吧。坏家伙！"或者是"男孩子们好像都没什么头脑，做的每件事情都让人感到无语"。可当下这个情况让我怎么解释呢，真是让人为难。感情上的伤痛就像是一道真实的伤疤，我自己也不知道为什么会变成这样，所以始终都无法"整理"好自己的心绪。

综上所述，自从我在首尔动漫节回来的那天晚上发了短信后，智友就变了。虽说我还是抱着侥幸的心态在等待，可这段时间我连"凌晨短信"都没有再收到过了。那天她在走廊上看着我说"干什么？"这件事已经不算什么了。有一次我在学校里看到她和恩洙在一起，可当我走近的时候，她像逃跑似的，留下我和恩洙一个人走掉了。直到那时，我都还在想"啊，看来她现在还不想说。越是这种时候，我越是要静静地等待"，同时向智友投去不变的崇拜的目光。她是不是讨厌这样啊？偶然在走廊或是楼梯上与智友擦肩而过，她也会装作没看到，就像是从来都不认识我这个人一样。即便是那个时候，我也仍旧坚定地抚慰着

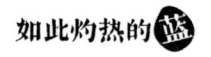

自己已经数次受惊的内心。

啊,还没到时候。还没……等一等……然后……

可那天与以往不同。想见的人眼里总是只能看到他想看见的东西,我就是她的另一半。那一半变得不一样了,这一切都源于我看见智友坐在体育馆后方的长椅上。当时午饭时间已经快要结束了,我们第五节课是体育课,他们说课程会在礼堂进行,所以我当时正在过去的路上。上课的预备铃已经响了,智友她却还坐在长椅上。就这样装作没看到直接走过去吧,我努力不去和智友对视。尽管如此,我的瞳孔还是不由自主地看向了智友的方向。我就这样一晃一晃地在智友面前走过,嘴里发出了哎哟的呻吟声。智友的鼻子哗哗地流起了鼻血,我几乎反射性地朝着智友跑了过去。"智友,你流血了!"我无意识地翻动着运动服的口袋,正好拿出了不知道什么时候塞进口袋的纸巾,我试图将一大堆皱巴巴的卷纸按在智友的鼻子上。

"快把脖子向后仰!"

我急急忙忙地叫了起来,智友却甩开了我的手。

第二部分 在一米高的地方咯噔咯噔

她将一只手放在鼻子上,确认了自己真的在流鼻血后,从校服口袋里拿出叠得方方正正的手绢擦拭了起来。

"我没事,你走吧!"智友这样说道。

砰的一声,我的胸腔内仿佛有一边塌陷了下去。

就这样时间一天天过去,什么解释,什么理由我都没有听到。

生活有时候是残酷的。虽然我能很自信地说自己一直以来都是依靠正面进攻"很酷"地生活着,但最终还是没能"酷"起来。她这是讨厌我的意思吗?为什么?是因为我那天发了那样的短信?她是怕那个男孩欺负我吗?不会吧……但真的很奇怪。某个地方……乱作了一团。照这样下去,说不定永远都解不开了。是啊,我不喜欢就这样结束。至少要知道个理由,我有这个权利。我每天就像这样没完没了地自问自答着。

我决定再发一次短信。压上我最后的信任,做一次正面攻击。

如此灼热的蓝

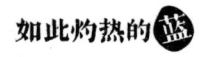

你能告诉我为什么吗？我现在很混乱。

智友的回信快得惊人，信息发出去之后马上收到了回复。就仿佛智友的声音在我的耳边传来一样。

你到底想知道什么！！！

智友——听不见的声音2

现在无论我走到哪里,那个男孩都会追上来。突然用手抓住我的肩膀,像是要把我整个人都转过去一样。"喂,站住!你以为你跑了我就找不到你吗?"我不敢回头看。穿着校服像逃亡似的在街上徘徊。我不停地走着,用耳机捂住双耳,跟在前面的路人身后往前走着,去哪儿都无所谓。只要是人多的地方,多到可以忽略我就行了。但是当我回过神来的时候,我

如此灼热的 蓝

已经走到了那里，那个书店。我就那样呆呆地站在曾经拿漫画书的地方。

这个地方是慧星告诉我的。

"姐姐，有点奇怪的是，我不敢偷漫画书，就好像那样做会受到什么惩罚一样。"

慧星害羞地抽出包裹在塑料袋里的漫画书，像是在安慰似的抚摸着。

"要我买给你吗？"

"傻瓜，姐姐真是个傻瓜。我不是这个意思。"

慧星露出了非常遗憾的表情。

我呆呆地站在原地，这时有人碰了碰我的肩膀，我吓得打了一个冷战。大叔用手指了指耳朵。我啊了一声，然后摘下了耳机。"有点吵，大家都能听见。"我关掉了音乐："对不起。""不过你是在找什么吗？上次好像也是站在这里。"我乱摇头，然后慌慌张张地向外走去，无意间碰到了柜台边堆放的漫画书堆。哗啦啦，堆叠的漫画书像水流般争先恐后地涌向地面。我的脸上火辣辣的，低着头整理着掉在地上的漫画书。"没关系，学生，我们来整理

第二部分 在一米高的地方咯噔咯噔

吧。"我不断地把捡起的漫画书放在柜台上。"不能那样随意摆放,每本书都是有固定位置的,都说了交给我了。"我有些不知所措,大叔一把拿过了我手中的漫画书。我低着头向前走去,直到走到书店外面都抬不起来。整张脸仿佛被火灼烧一样炽热,眼角也仿佛马上就要流泪一般火热了起来。(反语)好样的,我好像能够听到那个男孩的声音,从四面八方涌来。

我站在地铁站的卫生间内,趴在洗漱台上一遍一遍地洗脸。我要回家,家,我暗暗下了决心。重新戴上耳机、整理好衣着、对着镜子中自己的脸挤出一丝微笑。咳咳,干咳了几声。

一回到家妈妈就用担心的眼神注视着我。

"每天都这么忙,我担心你会很累。"

"哦,不是的。今天还有恩洙,我们三个人都去了。"

"恩洙也去了吗?"

"嗯,因为侑利是部长嘛,她说要一起去就一块儿去了。画室、教保文库(书店名)、漫画书店等,

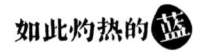

各个地方到处乱跑。"我嘴不停歇地回答道。

"晚饭呢?"

"哦,当然吃了。啊,回家后忽然感觉好累啊,刚刚在外面的时候状态完全不是那样的。我得赶紧洗洗睡觉了。"

妈妈有些疑惑地点了点头。我竭尽全力想要露出笑容,真的想笑。如果可以的话,我也想要拥有灿烂的笑容。

我好不容易换好衣服,倒在了床上。浑身上下像裹在棉花中一样沉闷,整个人都头昏脑涨。不知道是不是因为刚刚回家的路上吃了油炸食品,现在觉得心口有点发闷。水,至少得喝点水才行。得起来才行,可身体一点也起不来。

真想像那天一样睡一觉,就像第一次见到那个男孩的那天一样。

我真不知道自己为什么会那样,大概是因为头部剧烈疼痛,那天我差不多已经忘记那个男孩了。在首漫回来的地铁上,堵在我耳朵上的耳机中反复播放着韩国组合Epik High的*Still Life*,侑利用一种"第一次

第二部分 在一米高的地方咯噔咯噔

见到我"的表情瞟了我一眼。我把头转了过去,在地铁门窗的玻璃上看到了我的脸。

尹智友,披着长发,呆呆地站在那里,恶心的丫头。

那个男孩也看到这张脸了吧……我闭上了眼睛。这时,我的头又剧烈地痛了起来。回到家后,我吃了三颗泰诺,洗了很长时间的澡。然后翻找出MP3,戴着耳机关灯钻进被子里。莫名其妙地想要听那种非常吵闹的音乐,就像是重金属音乐那一类的。在MP3的目录中翻找到了潘多拉乐队的歌,是侑利某天给我放过的,吉他的演奏声震耳欲聋。我已经记不清自己听了多少遍潘多拉,我只记得,自己那天很快就睡着了,在这期间什么都没想,什么梦也没有做。这就是那天晚上的全部内容。

我看到侑利的短信是在第二天早上。

西红柿!我很担心你,也有点不安。你还好吗?

看到侑利的短信后,我吓得直接抠掉了手机电

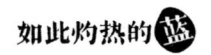

池。那个男孩。随着侑利的文字,那个男孩又重新跳出来站在我的面前。"现在看来,你可真是个坏女人。神经病!怎么会有你这样的女人!慧星死了!你听不懂我说的话吗?!"他那嘲笑的声音不绝于耳。"昨天睡得挺香吧,你以为我会放过你吗?你在恩淑女子中学上学对吧?"这些话语砰的一声砸在我的头上。在学校里,当我看到侑利在教室里等我时,就像是有一颗保龄球直接滚到我心里一般,让我切切实实地感受到了那个男孩的存在。干什么?这句话以一种吓人又粗犷的声音通过我的嘴"刺向"了侑利。从那之后我就一直躲着侑利,甚至冲着给我擦鼻血的侑利大喊大叫。这还不够,我还发短信冲侑利发火了。我原本想要问侑利些什么的,原本想要告诉侑利的……现在,却很怕靠近侑利,一切都陷入了僵局。

真是万幸。

因为侑利不会再联系我了。

就像我希望的那样。

第二部分 在一米高的地方咯噔咯噔

★

当慧星的名字从那个男孩的嘴里说出时,我脑海中某个被封印的地方就那样裂开了。

"真倒霉。"

"看到你就觉得恶心。"

"做班主任的跟班,开心吗?"

"孩子们叫你滚!"

"你妈妈是住在教务室吗,下次又打算带谁来?"

"你现在跟小区里的乞丐玩吗?"

"哑巴和乞丐,和你还挺相配的。"

突然间,那些很久之前吴美秀在我耳边的窃窃私语,在此刻冲进了我空荡荡的脑海中。

"就是她吗,叫姐姐哑巴的那个人?"在校门前等待我的慧星,用眼睛打量着吴美秀说道。

"她刚刚在你耳边说什么了?上次不也是那样?哎哟,你看她那滴溜溜打量人的眼睛。"

吴美秀频频回头看向站在校门口的我和慧星。

"一看就知道她很低俗，低俗。"

慧星冲着吴美秀吐出舌头，高举双手怪叫着，吴美秀哆哆嗦嗦直打冷战。

"嘿嘿，你看看她那个样子。"

吴美秀加快了脚步。

"喂，低俗！下次再被我发现你就死定了！看样子也知道我不是什么好人。"

慧星指指点点地朝吴美秀吐着口水。

"知道了吗？低俗！放学路上小心点！"

自那天之后，吴美秀也还是有过几次对我表现出嗤之以鼻的行为，但也仅限于此了。非要在校门口等着看"她（吴美秀）"的慧星对着"她"说"姐姐，再见！"时，她眉头紧锁迅速离开了。慧星偶尔会遗憾地问："她现在真的清醒了吗？她要是再敢对你那样，我就把她的鼻子拧下来。"每次听到这里，我都会扑哧一下笑出声来，然后附和道："为什么是鼻子？""啊，那就你来点吧。想要哪里？耳朵？脚后跟？屁股？"慧星抢走了我手中的铅笔，在素描本上画起了：耳朵、脚后跟、屁股。我又从慧星手中抢

第二部分 在一米高的地方咯噔咯噔

过铅笔,画上了脚趾头。"嗯,脚趾?"慧星紧紧地捂着肚子,在我的房间里滚来滚去。那个画着脚趾的素描本应该还在,就在书桌最下面装满了素描本的抽屉里。

我握紧了抽屉的把手,可抽屉里的东西塞得太满,导致抽屉卡在中间没法完全打开。我把手伸进抽屉里,强行抽出了卡在中间的素描本。这是盖有图章"③"的素描本,封面上有慧星写的"我们是朋友"的字样。"姐姐画一次,我画一次,每人三张。""这是作业,作业。"抽屉里装着的不是素描本,而是慧星的声音。

不可以背叛,答应我,不要背叛我。背叛……

我不受控制地一张一张撕扯着素描本的内页,嘶啦、嘶啦。

第三部分
当我们说爱的时候

一局定胜负

原来我是个"打架王"啊。

任谁看到这种事情,都会那样做的吧。

我也不知道自己这么会打架,真是被吓了一大跳。大家可能已经察觉到了,我是个连打架的"打"字都说不出口的,谨小慎微的"零行动力"持有者。

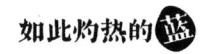

可就是这样的我，转瞬之间就将那个孩子给制服了。而且是在教室里，在全班同学的注视下，大声喊叫、骂人、扔包、抓住她的头发摇晃，一气呵成，丝毫没有犹豫。当然，这也是因为那个孩子坐在座位上，才让我有了"可乘之机"。否则我连门儿都没有，就算是踮起脚尖，我都够不到她的头发。

我所说的"那个孩子"就是朴素拉。这里需要补充一下，她就是二年级时被智友"修理"的那个孩子。我其实对和她分到一个班这件事并没有任何感觉，"哦，原来她也在这个班啊"，这也是三年级入学后一周左右我才发现的。也就是说，她对我来说没有任何的存在感。当然，我也是后来才知道，她好像一直对我，不，是对智友很感兴趣。否则，前一天中午在僻静的体育馆后长椅上发生的那件事，不可能传得那么快、那么详细。

所以，如果要说清楚前一天发生了什么事情，我又为什么和她吵架，就要追溯到两天之前。

两天前，智友发表了爆发性的宣言。她把我们都召集到麦当劳。

第三部分 当我们说爱的时候

"我本来想等大家都在的时候说的……"

(那天惠玲不在。)

"我要退出'蓝'社团。"

这句短短的话语,静静地"落在"我们面前的桌子上。

"是因为要准备高考美术吗?"

我们之中,好像只有恩雅预料到了这件事。

"你打算去艺术高中吗?"恩洙这时才恍然大悟似的问道。

我好像应该说些什么,但始终没有开口,就像个傻子一样呆呆地坐着。最近关于智友的事情,全都让人感到意外,我的脑子实在是转不过来了。

"其实我以后可能也没法参加活动了,要是你也退出的话……"

恩雅突然话锋一转,将"矛头"指向了我。

"部长,现在'蓝'社团该怎么办呢?"

啊,我是部长。

"哦,啊,是啊……该怎么办呢?"

我思索着。作为部长,为了发挥最起码的应变

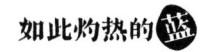

决策能力，我真的付出了很大的努力。要是智友和恩雅都退出的话，社团就只剩下我、恩洙、惠玲三个人了。虽然也没有什么不可以的……啊，可智友为什么忽然要退出呢？是因为我吗？不然的话……

"那我走了。"

智友忽然拿起包准备起身。

"现在话都还没说完呢，哪有这样的道理？"

恩雅无语地看向了智友。

"你以为大家都是闲着没事才来这里的吗？"

恩雅勃然大怒。

"恩雅，你不要这样。"

"什么不要这样？你也挺奇怪的。"

"啊，不是这样的……"

"所以你现在是觉得她那样很正常是吗？"

就在恩雅和恩洙吵吵闹闹的时候，智友像幽灵一般站了起来。

"智友，等一下。"

智友不顾恩洙的叫喊，头也不回地走了。

"侑利，你帮帮我吧。"

第三部分 当我们说爱的时候

虽然我知道恩洙此刻非常希望我能想到办法，可我只能呆呆地望着智友离去的背影，就像是被抛弃的人一样。

回想起来，如果那天惠玲也在场的话，大概就不会发生第二天中午的那件事情了。惠玲从那天开始，加入了光听名字就能感觉到严格的"内审全科集中管理特别班"，我们谁也没有和惠玲说过智友那天所说的话（啊，这也算是我的错吗？我算什么，不过是个"部长"罢了）。

总之那天午饭时间，惠玲表现出极度的痛苦和疲惫。

"豆子，你想想看，我是真的太痛苦了。昨天我从补习班回到家的时候已经差不多一点半了吧？那个时间，我还有数学作业要做……虽然期中考试结束后妈妈一直闹着要我补习，但是……补习学院的老师们说，期末考试之前我们每天都是这个强度。我们学校比其他学校晚三天进行期末考试，所以我们有足够的时间上传内审。可是，要我每天都去那里的话，我真是感觉要死了。"

如此灼热的蓝

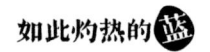

所以惠玲不仅没有睡好觉，就连供应的午餐也没吃上。"我一闻见咖喱的味道就觉得恶心，连碰都没法碰（还有其他的小菜）。"所以惠玲去小卖部买了牛奶，然后就往体育馆后方阴凉处的长椅那儿走去。我正努力地安抚着惠玲的情绪，就看到智友坐在那里，她将小说之类的东西铺在自己的膝盖上，看起来不像是在读书，好像只是呆呆地坐在那里陷入了沉思。惠玲原本也想要换个长椅的，可不知道为什么，她就那样一声不吭地坐在了智友的旁边。虽说她也没有想过要向智友诉苦，但事情就这样发生了。坐在长椅上的惠玲撕开牛奶盒的一边，大口大口地喝了起来。咕噜咕噜，牛奶顺着喉咙流进了惠玲空荡荡的胃里。

校舍另一边的操场上，回响着孩子们吵吵嚷嚷的声音，五月的阳光洒在树荫下，散发出令人厌恶的耀眼光芒，孩子们在周围窃窃私语，窸窸窣窣的声音让人感到"痒痒的"，这一切都是那么地平和，可我的生活为什么变成了这样。忽然间，眼泪涌上了心头，觉得自己的处境十分委屈。

第三部分 当我们说爱的时候

"啊,四月真是个残忍的月份!"

惠玲也不知道为什么突然说起了这个,而且现在也不是四月,而是五月。这是二年级时的英语课外老师,一有空就会呻吟的那句话。刚开始听到那句话的时候,还不是很能理解它的意思,惠玲现在说出这句话,大概是对它有了真实的感受。啊,拥有期中考试的四月真是一个残忍的月份,惠玲显得更加痛苦了。

"还不如冬天暖和呢,让这些紫丁香在死一般的土地上'盛开'。啊,残忍的四月啊!"

因为确信智友不会说些什么,所以惠玲继续呻吟着。

"很残忍,真的很残忍。哦,你为什么对我这么残忍?!"

她将一只手伸向空中,沉溺在自己的言语中。可此时的智友……攥紧拳头,哆哆嗦嗦地叫了起来,就像是疯了一样。

"滚!滚!滚!"

不仅如此,她还将放在膝盖上的书丢了出去。

"豆子,你知道我当时是什么样的心情吗?你根

如此灼热的 蓝

本想象不到。我真的觉得很丢脸,很荒唐……智友她怎么可以这样对我?我怎么了……呜呜。

"你知道更搞笑的是什么吗?"

"当然不知道了。"我无力地说道。

"喂,豆子!我很严肃的!"

喂,现在最受伤的人是我。虽然我没法说出口。

"好吧,是什么?"

"我上完第五节课就跑去智友她们班了。不管怎么想都觉得生气,我就那样静静的,像个傻瓜一样瑟瑟发抖。呜呜。"

惠玲酝酿了很久,结果智友在午餐时间早退了。

"啊,我也不知道。美术老师让我帮忙整理材料,所以我吃过午饭就去美术室了。回来之后,智友就不在了。其实,看智友最近的样子,应该是想要自己一个人待着。所以我也会刻意让她一个人。很怕跟她说话会被她嫌麻烦……"

恩洙一副手足无措的样子,仿佛自己犯了什么大错。

紧接着第二天我就和"那个孩子"吵架了。朴素

第三部分 当我们说爱的时候

拉好像是希望我能听到她在说我的故事一样。她一边瞟向我这边,一边说出了那天智友和惠玲的故事,边说边做动作……

"呀呀,我简直目瞪口呆,实在是太厉害了。你不觉得很好笑吗?蓝什么蓝的,各个自以为是,全都是一副自命不凡的样子,怎么现在狗咬狗起来了?就是她,那个尹智友。上次也是,就在同样的位置上,她也是这样对我的,神经……"

我咬牙切齿。

"她会不会以前就是这个啊?"

朴素拉用手指指向自己的脑袋,做了一个旋转的动作(暗示脑子有问题)。我瞬间爆发了。"闭嘴!"我大喊一声,并把桌上的书包扔了出去。我的包正中朴素拉的脸,接着咣当一声砸向她的桌角,然后掉在了地上。

"你这个疯女人是想和我比画比画吗?!"

朴素拉大喊着拿起了掉在地上的书包,朝我的脸扔了过来。书包嗖的一下飞过来落在了我的脚边。我大步跳过书包,抢先一步抓住了朴素拉的头发。

如此灼热的 蓝

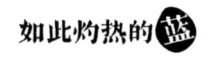

"我不会放过你的！"

朴素拉被我抓住头发，身体不断地挣扎着。

"疯女人，还不放手！"

那你猜我为什么要抓住它呢。我双手使劲地抓住她的头发乱晃，朴素拉叫喊着，双手和双腿还在不停地挣扎着。

"你也疯了吗？也是，你们都是一样的女人……"

即便这样，朴素拉也还是拿我没有办法，始终被动地承受着我的"攻击"。

这时，我们班的班长冷静又现实地警告我，再这样下去就要被记在"生活记录簿"上了。要不是她出现，我真的会把朴素拉拖到教室的地板上，用拳头狠狠地揍她。

那天，是我有生以来第一次一个人去麦当劳。

我只点了一杯可乐。

然后揭开杯盖，用吸管在里面搅来搅去，紧接着对服务员说道。

"请给我换个大点的冰块。"

第三部分 当我们说爱的时候

戴着兼职名牌的店员一边说着"嗯？"一边看向我，仿佛在询问我是什么意思。

"我想喝非常冰爽的可乐！"

站在我身边的孩子们也朝我看了过来。眼泪一滴一滴地流下来，我抽吸着鼻子，拿着新打的可乐走上了二楼，笔挺地坐在可以看见十字路口的窗户旁边。呼呜——我长长地呼了一口气。

我忽然想起了智友的脸。

智友——

为什么会想起她？

（真的很奇怪。）

朋友，那个男孩2

令人惊讶的是，我早就把那个男孩忘得一干二净了。

当校门口那个坐在破旧摩托车上的男孩喊着"喂，花生！"时，我才想起来。

啊，是那个家伙！

如此灼热的 蓝

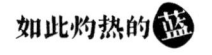

脑子里顿时响起了警戒警报。

★

是我的脑容量真的不够吗？在经历了智友的突变、我的失落、"蓝"的解散（智友又一次发挥了她最强的行动力，她在宣布"爆发性宣言"的当天就退出了"蓝"的论坛，就连之前上传的画作也全部删除了，惠玲和恩雅也紧随其后。最终空荡荡的论坛里，只剩下了我和恩洙两个会员。因此，"蓝"在不知不觉间也变成了"忧郁、苍白、青涩、悲观"的蓝色，我则陷入了"feel blue"的状态）等一系列"波澜壮阔"事件后，我十六岁的人生初期忙得不可开交。甚至还要抽空和朴素拉交换眼神，展开激烈的心理战。早知道会这样，我就不去管她说什么了，在那之后我还是偷偷地后悔过。班里的其他同学，都在拿到了每个科目全部标注着"全校名次和百分比"的期中考试成绩单后，变得神经紧绷。看着"初三第一次考试成绩"的我，保持着"现在的排名在61%，但我还是想维

第三部分 当我们说爱的时候

持在50%左右。我不是很喜欢这个数字——61"这种超然和漠不关心的状态。我之所以能做到这一点，也是因为妈妈和爸爸对我的"漠不关心"或者说是"放任不管"。

这样看来，去年冬天和智友一起买的"EBS内审满分线"讲座也已经很久没有听过了。"要是买了以后不听的话，我可不会放过你！你知道这些钱能买多少本漫画书吗？"我这样恐吓着自己，要是被妈妈知道了，她一定会从我的零花钱里扣除这些钱的。可是，失落的感觉实在是太强烈了。"她要扣就扣吧，反正也就是豆粒大小的零花钱。"我这样想着，然后变得坚毅了起来。

我以为我表现得很坚毅，但在恩洙眼里好像不是那样。（也是，那天第三节舞蹈课结束后，我连运动裤都懒得脱，一直穿着回教室上课，直到第六节课被汉语老师发现，扣了一分。）放学出来一看，恩洙果然在走廊里等着我。她问我有没有时间，然后我们一起蹒跚地走到了操场长椅上。操场上弥漫着干燥的灰尘和不知从哪里飞来的花粉。

如此灼热的 蓝

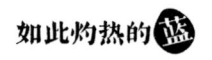

恩洙和我安静地坐了一会儿。

接着恩洙率先艰难地开口了。

"那个……你没事吧?"

"就那样。"

"那个……"

(她是想说智友吗?怎么最近大家都在说智友啊。难道我的脸上写着"因为智友而很痛苦"吗?就连对所有事情都漠不关心的妈妈,也在几天前突然说:"啊,对了,智友哪里不舒服吗?我偶然在书店看到她,脸色差得不像话。"吓了我一跳……)

"嗯?"

"……"

(就是要说智友,唉。)

"怎么了?"

"智友……好像病得很严重。"

(啊……智友!)

恩洙一边看着我的眼色,一边说要不要一起去智友家看看。智友已经连续两天没来学校了,给智友家打电话,智友的妈妈说她病得很严重。所以我也向她

第三部分 当我们说爱的时候

说了实话,也许,智友她并不想见我。还有我想暂时一个人待着。

"恩洙,我有点郁闷。'菲尔布鲁'(feel blue)……"

要是换作我,或是其他孩子的话,一定会反问"菲尔布鲁?",可恩洙不会这样。她呆呆地看着我的脸,然后点点头说"知道了"。

"那我一个人去吧。"

我很感谢恩洙会这么说,没有继续追问。所以我们的友情才会一直维持着这样的深度。

我看着恩洙穿过运动场时的背影,心里一阵酸痛。我们的关系并不是一场虚无,对吧?我喃喃自语道。然后猛地站起来向恩洙跑去。一起走吧!

所以我和恩洙一起,在校门口见到了那个已经被我忘得一干二净的男孩。那个男孩看上去还是和初次见面时一样,散发着土气和不良的气息。他穿着一套和老旧摩托车相配的服饰,斜靠在车子上,抱着胳膊,满脸烦躁。说实话,听到那个男孩喊出"喂,花生!"的时候,我的心里咯噔了一下。可我努力装作

如此灼热的 蓝

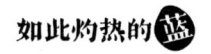

没有被吓到的样子,做出"嗯,是你?"的表情。因此我先盯着那个男孩看了起来。

"怎么了?"

虽然我能感觉到学校里的孩子们在周围窃窃私语,恩洙也抓住我的胳膊用眼神向我询问"那是谁",但我依旧目光坚定地看向那个男孩。

"她不出来吗?"

"谁?"

"喂,我没那么多时间,听懂了就马上回答我。"

浑蛋,你这是在要挟谁啊!

我咬住嘴唇,用越发强烈的目光盯着他。

"啊,真烦人。我的眼睛现在都要疼死了。整整一个小时都在盯着这些,长得一模一样的丫头,真是快要疯掉了!所以你快点说吧。"

"谁让你那么做的?"

"你怎么满嘴都是'你、你、你'的,我比你大两岁,真是……"

那个男孩又一次举起手来,做出那个老套的动

第三部分 当我们说爱的时候

作。恩洙被他吓得往后退了退。

"啊啊,知道了。我现在很忙,让开……"

当时,我努力做出"真搞笑!"的表情,也不知道自己有没有镇住他。

"啊,我想起来了。那天你也在一起对吧?"那个男孩朝着恩洙傻笑道。

"尹智友她今天没来学校吗?"恩洙什么也没有回答,那家伙一边说着原来如此,一边"啊,浪费我的时间,偏偏是今天……"地嘀咕了起来。然后,他戴好头盔坐在摩托车上发动了引擎。我以为他现在要走了,没想到他突然回头看了我一眼,上下打量了一下后点了点头。

"这种程度的话,应该能坐吧。喂,上车!"

(我当时没明白,现在想想,他应该是在说我们学校校服裙子的长度,坐在摩托车后座应该不会走光。)

我不受控制地咕噜一声咽了下口水。

我是真的被吓到了,说实话还是有点害怕。

"怎么了?怕我把你吃掉吗?喂喂,不管怎么说,我最讨厌坚果类的东西了。"那家伙嬉皮笑脸地

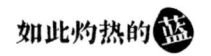

对我说道。

"怎么，怕得不敢坐了？"

因为这句话，我坐上了那小子的摩托车。恩洙抓着我的胳膊哀求道："侑利，别这样。"可我还是执意坐了上去："真搞笑，谁说害怕了！"这都是因为我受伤的自尊心？还是傲气？总之我就这样坐上去了。更准确地说，是坐上去之后又用双手抓住了他腰部的T恤衫。啊，但这个决定就是个错误，即便后悔也无济于事的错误！从学校离开后，我就在摩托车后座上被那个家伙给威胁了。所以我到底为什么要像个傻瓜一样坐上来啊……

"在哪儿？"

"什么在哪里？"

"喂，你这人还真是迟钝啊。"

"什么？"

"她家呀。不然我为什么要载你？我看你不是花生，而是石头。"

我真的是那时候才明白，那家伙是因为这个才让我坐上来的，我是不是真的脑容量不够啊？

第三部分 当我们说爱的时候

"我不知道。"

"呼,你就说出来吧。"

"我不知道。"

"我只是想和她见个面,有东西要交给她,别这么扫兴,说出来吧。"

"我不是说了我不知道嘛。"

"啊,你说的是真的吗?"

"是啊。"

随着话音的落下,那家伙也加快了骑车的速度,摩托车喷射着滚滚的黑烟"暴走"了起来。我的校服裙摆一下一下被掀起来,一股酥酥麻麻的风从我的头顶吹过。

"喂,你慢点开!"

"所以你快说她家在哪里。"

"你就没有头盔吗?"

"在哪里?"

"不戴头盔骑车是违法的!"

"抓紧了。要是不说出来,我是不会放你的。"

浑蛋。我气得浑身发抖,但也只能紧紧地抓住那

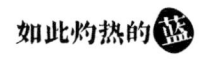

家伙的腰。

"我不是说了我不知道嘛!不知道!放我下来!"

"那你就好好想想吧。"

"我会举报你的。你走着瞧!"

"哟,真吓人。啊啊。"

其实当时我只要随便带那家伙去一个地方,骗他说这里是智友家,然后逃跑就可以了,但我就是没想起来。果然是脑容量的问题……

"哇,你真是太厉害了。"

这是那个带我飙了一个小时车的家伙,将摩托车停好后吐出的第一句话。因为我赢了,最终还是我赢了。此刻我原本应该得意扬扬的,可实在是没有力气了,恶心得想吐。那家伙并没有理睬我此刻的状态,用手机确认过时间后,便坐在了小区停车场的一个角落里,用手机咚咚地砸着地板,嘴里嘟嘟囔囔地说着"啊,去他的"。

我像是在做最后的宣战一样,用双手紧紧地抓着背上的背包带,盯着那家伙说道:"你到底为什么那么想见智友?"

第三部分 当我们说爱的时候

那家伙瞪着眼睛说:"你很好奇吗?"

"对啊!"

"你要是不举报我的话,我大概会告诉你吧。"

他不仅是个浑蛋,就连幽默的水平也很低级。

"哈,为什么啊?我为什么要为了见尹智友这个混账东西受这些苦呢?"

那小子真是卑鄙无耻啊,我强忍着要吐的感觉。

"就是想让慧星如愿以偿地打她一拳。"

那家伙又说着那些陈词滥调,然后向空中挥着拳头。我明明没有害怕,他却总说我害怕了,简直是胡言乱语。

"哈哈,你又害怕了?你这么单纯吗?你是叫坚果吗?你头发真的好硬啊。我告诉你,坚果。你是不是感觉自己现在是在为尹智友着想?我告诉你事实根本不是这样的,你完全误会了。"

这家伙一直以忙碌为借口,威胁我做各种事。别说忙了,那家伙明明就是个无业游民。

"如果我是你,肯定会争分夺秒地把我带到尹智友身边的。"

如此灼热的蓝

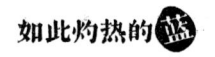

又玩这套无聊的把戏,真是满口胡言。

"为什么?这才是解救尹智友的办法……那个你……"

就在这时,那家伙的手机铃声响了起来。啊,是徐太志。这个浑蛋,居然还用妈妈心目中的艺术家,徐太志的歌来作手机铃声!

"喂,坚果!今天多亏了你,哥哥我才能这么快乐地兜兜风。"

真想没收掉那家伙吵吵闹闹的手机。他从口袋里掏出了个东西扔向了我。他的爱好是扔东西吗?浑蛋!你才是干瘪的坚果。

"看这个情况,尹智友应该是连我给的联系方式都撕掉了,自己逃跑躲起来瑟瑟发抖了,你告诉她其实不用这样!快点把那个给我。让她联系我,只有我才能救她。对了,我叫具俊昊,不是徐太志。"

他这是说什么呢?

那家伙不太高兴地咧开嘴笑了笑,然后骑上摩托车轰隆隆地冒着黑烟走了。

我犹豫了一下,还是捡起了那家伙丢在地上的东西。是张名片。"永无止境的夜行徐太志",真是绝了!什么呀,这就是你不上学的理由吗?还有,为什么偏偏是徐太志啊!我要不然直接把那张名片揉皱扔掉算了……可话虽如此,我还是将它放进了口袋。为了以防万一,只是那样。

禁止访问

所以说,我和那小子分开之后又去智友家纯粹是……是因为那个家伙。是想要告诉智友"危险者"出现的侠义之心。虽然没法用一句话概括,可我绝对不会相信那家伙说的话。什么自己会解救智友、什么智友在瑟瑟发抖之类的胡言乱语。如果用指甲盖的大小来形容百分比的话,那么也不是说完全没有吧,大概还是有0.1%的不安和恐惧在的。

★

很久以前我就觉得智友的妈妈很亲切,看到我

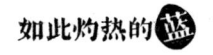

的时候总是开心地在笑。我对她说"您好"的时候，她总会回复我说："我们侑利又变漂亮了。""又变漂亮了"这种话只要听过一次，就会明白这有多令人开心了。当然，我并不是因为她夸我漂亮才说她亲切的。首先，从外表散发出的气质来说，智友的妈妈就和一年四季都穿着运动服的我妈妈不同。她看起来那么干练优雅……又不失亲切。有一次周日下午，我忽然跑去智友家玩，智友正好外出不在家。我原本马上就想要离开的，智友的妈妈却让我到家里坐坐，说她上午正好烤了曲奇饼干，叫我吃完再走。我嘿嘿地笑了一声，说着"那我就打扰了"然后径自跑向了餐桌（那时的我已经完全丧失"理智"了，要是能慢点走过去就好了）。听到我这句话，智友的妈妈哈哈哈地大笑了起来。

"第一次有人吃我烤的饼干吃得这么香，我们家智友每次只吃一块就不吃了，真是谢谢你。"

她说这些不知道是不是因为我一把一把抓着吃饼干的样子，真是叫人不好意思。所以我也对智友的妈妈打开了"话匣子"，智友在学校怎么样，"蓝"社团怎

第三部分 当我们说爱的时候

么样等,智友的妈妈就那样点头微笑着,就像是在听一个非常有趣的故事一样。然后她对我说,智友身边有我们这样的朋友,自己不知道有多感激,都是托我的福,以后也要拜托我了。怎么说呢,那天我真的感觉自己成了一个非常不错的孩子,既害羞又有些骄傲。

这也是为什么我会突然提起智友的妈妈,因为我觉得可以信任智友的妈妈,可以去智友家里。即便智友躲着我,我也还是想向智友的妈妈一一陈述"那家伙"的故事。如果是智友妈妈的话,应该会冷静地听到最后,倾听我脑海中纠缠在一起的所有关于那家伙的事情,然后为智友想出适当的应对方案。所以,直到我按下智友家门铃的前一刻,我的心里都只有一个担心。

那就是,如果智友的妈妈不在该怎么办?

可是她看到我以后说:"嗯……原来是侑利啊。"开门前智友妈妈的声音与我期待的不同。听不出任何高兴的情绪,一时间让我感到惊慌失措:"是的,您好。"我低着头,手足无措地站在门口。

屋子里很安静,冷冷清清的。

如此灼热的蓝

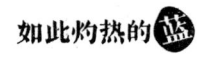

"对不起，侑利。快进来吧。"

智友的妈妈拉着我的手叫我进来。

"来坐这儿吧。你们的新家怎么样？离学校远吗？"

从一开始我就感觉到了，空气中弥漫着一种奇怪的氛围。在我往客厅沙发走的时候，智友的妈妈好像正准备收拾沙发角落上摆着的大购物袋，她拿起购物袋对我说："哦，你要不要吃点什么？"接着又将购物袋放回原处呆呆地站着。

我尴尬地将目光投向客厅玻璃桌上的插花盆，然后轻轻地对自己说道："不，这都是值得的。"

刚刚喘着粗气跑来准备谈论那个家伙的我，忽然不知道该说什么了。

"父母最近好吗？"

"还好……那个，智友呢？"

我的视线不由自主地转向了智友房间所在的地方。

"嗯，那个，她现在……睡着了。"

可智友的母亲突然呼地长叹了一口气。

第三部分 当我们说爱的时候

"我也不太清楚。"

什么?

"从那天开始她就一直闷在房间里,只说是感冒了……"

智友的妈妈静静地坐在了我的旁边。

"啊……"

就在发出声音的同时,我稍微往旁边移了移,我的声音就连自己听起来都觉得有些奇怪。什么啊……你怎么回事?像个傻瓜一样。

"侑利,你们之间发生什么事情了吗?"

智友妈妈这样一问,倒是给我吓了一跳。

脑海中浮现了午饭时间发生的事情,但始终没法张开嘴。

"嗯,特别的事情……"我含糊其词道,然后脑子里响起声音。

"这样可不行。好吧,现在就来说说那个家伙吧。就这么办。"就在我终于下定决心时,智友的妈妈率先提起了恩洙。

"恩洙刚刚来过了,好像是因为担心智友才来

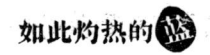

的。可是自从她进过智友的房间后,智友的脸色马上就变了。原本我还想去问问怎么回事,结果她连房门都锁上了。就算是我哀求着她见一面,她也大喊着说不要。大概是因为生病没什么精力吧……不管怎么说,侑利啊。我觉得今天还是让智友自己待着比较好……"

我点头表示明白。

"但是那个……"

智友妈妈的声音开始微微颤抖起来。

"智友她最近有些怪怪的,一开始感觉还可以……可我心里一直很担心。要是她因为慧星的事情受到打击该怎么办?"

慧星?

我一下子清醒过来了。

"您说,慧星?"

★

最终我连智友的脸都没有见到,也没能和智友的

第三部分 当我们说爱的时候

妈妈说起具俊昊那家伙的事情。

从智友妈妈那里听到关于慧星的事情后,我吓了一跳。慧星是个坏孩子,但和智友的关系很好。智友在遇见那个孩子之前,因为无法适应学校的生活,一直都是孤身一人。最重要的是,那个孩子就那样不幸地死去了……我好像不能随便说"不幸""可怜"这些词汇,但也不能点头说"原来如此"。所以智友妈妈说话的时候,我始终紧闭双唇,双手放在膝盖上屏住呼吸。于是,我也产生了"或许智友此刻正紧闭房门独自哭泣"的想法。想到这里,我的内心酸溜溜的,不是滋味。我连这种事情都不知道,还在那里自怨自艾!顿时觉得自己太不像话了,真想揍自己一顿。

在这之前我也有想过,那个家伙为什么那样对待智友。可现在回想起来,具俊昊那家伙一直坚持自己的主张,也有能够让人理解的地方。那家伙一直叫嚷着要给智友的东西,是不是类似慧星遗物的东西呢?我的脑海中冒出了这些疯狂的想法。从他说要"救智友、怎么做"这些内容来看,那应该是能够给智友带来慰藉的东西。那他直说不就行了，干吗要吓唬人啊！如果他一开始就那么说的话，谁又会说什么呢！浑蛋。想起具俊昊那张坏脸，我把牙齿咬得咯吱咯吱直响。

智友——听不见的声音3

该怎么停下来……

我把素描本都撕破了。

全部。

毫无保留。

可始终无法撕裂慧星的声音。

骨头、被雷劈的树、独眼的猫、醉酒的大婶、乞讨的老人,还有什么?哎哟,少了这个哑巴小姐。

如此灼热的蓝

嘿嘿，怎么样？像不像我的朋友？题目就用"我们是朋友"怎么样？嗯！你那是什么表情？嘿嘿，又出现了，哑巴小姐的脸。你总是那样，就只听到那句话，像个胆小鬼一样。我不是说了吗？那都是胆小鬼们干的事情。所以拜托，不要像个胆小鬼一样。啊，好吧。那就这样点点头吧。已经比刚才好一点了。从现在开始保持那个表情，听我说。我要在这里画上全世界最幸福的骨头、被雷劈的树、独眼的猫、醉酒的大婶等。知道了吗，小姐？

大家为什么要讨厌"小姐"这个称呼呢？我挺喜欢别人叫我"小姐"的。

我们以后就叫"小姐们"吧？像CLAMP[①]一样……连CLAMP都不知道。来来来，我告诉你谁是CLAMP。你想吃就继续吃啊，这么好吃的比萨怎么能剩下。啊，啊哈，小姐！不是，姐姐！啊，啊！

今天天气真好。来，就这样跟着我躺下来。你看，天上沾满了棉花糖似的云彩。呜哇，绝了。啊，又

---

① 由四名女性组成的日本漫画创作团体。

第三部分 当我们说爱的时候

怎么了？是我闪闪发光的脸上沾了什么东西吗？啊，你说这个，我的额头……没什么大不了的，只是在厕所门上撞了一下。嘿嘿，托你的福，我今天脑子特别灵活。小姐，把作业交出来！快点，快点！

对吧，画漫画的时候，时间会以光速流逝，没错吧？呵，我以为只有我这样觉得呢，原来姐姐也是这样啊。哇，心情真好。姐姐和我还是有相似的地方的啊。有时候我其实挺害怕时间流逝的，可画漫画的时候就不会觉得那样。什么都不去想，无所畏惧，也感觉不到饿。真想一辈子只靠画漫画活着……嘿嘿，那姐姐你要成为漫画家吗？什么？嘿嘿，我也能够成为漫画家吗？傻瓜，你说我吗？周慧星要成为漫画家吗？嘿嘿，妈妈要是听到我说这些的话，一定会让我别说醉话。姐姐真是个傻瓜，也是我遇到的最棒的傻瓜。

★

现在我可以确信。

慧星不在这儿，这里只有我自己。

如此灼热的蓝

我捂着耳朵大喊，把大家都吓跑了。

现在谁都不在我身边了。

我该怎么停下来？

（傻瓜，胆小鬼。不要像胆小鬼一样。）

你现在在哪儿？我居然还厚着脸皮地想你，我真是厚颜无耻。

一切会发生改变吗？如果我在你来找我的时候敞开大门的话，如果我没有害怕你的话……应该不会吧。当我把你抛在树林里，独自逃走的时候，一切就已经结束了。你还在埋怨我吧，所以才让那个男孩来找我。

第四部分

那天傍晚,那片树林

第一次

怎么会有这样的家伙啊！昨天也没有接电话。我总共给他打了五次电话，每次都是只响铃，不接电话。明明是你让我给你打电话的，为什么不接，这都十二点了。"豆子，我好晕。"和妈妈在客厅玩"肉麻夫妇游戏"的爸爸向我招手道。他最近每天回家都

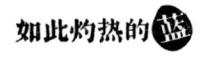

很晚，嘴上挂着"越是这种时候，越要加油"的爸爸，一回到家又变得从容了起来。"听说你明天要紧急出差。"躺在沙发上的妈妈也接话道。"电视，我看不见了。"他们根本就没有把女儿此刻焦急的状态放在眼里，纯粹地在那里秀恩爱。直到刚刚，爸爸还满脸心疼地，给前几天开始在连锁面包店里打工的妈妈揉腿，一边揉一边说："对不起，让你一个人去打工。你自己真的可以吗？"他们对我的关心只限于"快点睡吧"。嗯，这也挺好的。至少现在我们已经知道，他们俩在那些意想不到的方面表现得都很优秀。只是，自己的女儿如此焦急地站在前面，哪怕只是走个形式，也起码说一句关心的话吧。我对他们两个人投去犀利又严肃的目光。结果得到的回答是："你还不睡吗？豆子，你不会不知道现在已经十二点了吧？""你明天要是睡懒觉的话，是不是就不吃早饭了？"这就是全部。

"我现在在处理很严重的事情！"

假装被我的气势吓到，说着"哦，知道了，知道了"的还是爸爸。妈妈的回答也没法让人满意：

第四部分 那天傍晚，那片树林

"嗯，原来如此。我都不知道。"

真的很严重。他们为什么就不相信我呢？是的，我现在比任何时候都沉重。哪怕是一分一秒也想要尽快和具俊昊通电话。在那之前，我认为我做了我能做的所有事情。我委婉地向恩洙、惠玲还有恩雅讲述了智友的故事。我听说，从前和智友相处得亲如姐妹的孩子，在一次事故中丧生了。所以智友现在的情绪很不稳定，身体也不是很好。现在大家即便再委屈，也要等到智友打起精神来为止。这时候大家都说着"啊，原来如此"，然后露出了可以理解的表情。恩洙难过得仿佛这是她自己的事情一样；惠玲悄悄地问道："那我们可以把'蓝'再组织起来吗？"可是恩雅说："我明白智友是因为那个，但智友的事情与我无关，我不会再加入'蓝'了。"我没有想到恩雅会如此冷静。大家都是十六岁，现在已经到了能够互相尊重对方决定的年龄。我只是希望大家不要误会智友，这个结果我已经很满意了。我不能强迫大家都为智友的事情感到焦急。所以，现在就只剩下具俊昊了。我应该去跟那家伙说，让他把要给智友的东西给

如此灼热的 蓝

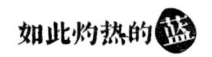

我，由我转交给智友就可以了。早知道这样，我一开始就该找他要的……反正现在后悔也没什么用了。截至今天，智友已经四天没来上学了。智友的妈妈说："谢谢你担心她，她现在已经开始康复了，烧退了很多。"可我还是觉得智友病得很重。我需要行动力，行动力。我再一次按下了重播按钮。

求求你，接电话吧，具俊昊！

接了，他接了！

"啊，喂。"

我赶紧拿起手机跑进自己的房间，接着立马喊了出来："什么呀！为什么不接电话？"

具俊昊嘟囔着："你是谁呀？"

"是我，李侑利……啊，就是花生。"

"啊啊，等一下。我一会儿再打给你。"

啊，什么呀，这家伙。

"喂，喂，喂！"

那家伙过了整整三十分钟之后才给我回了电话。

"嗯，你有什么事吗？"

他傲气十足。

第四部分 那天傍晚,那片树林

"把那东西给我。"

"什么?"

"就是你要给智友的东西。"

"怎么,她让你来找我的?"

"不是,是我自己要做的。"

"所以呢?"

"智友生病了。"

"吁吁吁。"

"什么呀,你。听说别人生病了,你就这种反应。你这家伙!"

"人都死了,她这算什么呀?"

"那个,那个……像你这么单纯的孩子会不明白吗?智友现在非常伤心,所以生病了。"

"啊,是吗?"

"别开玩笑了。明天把那个东西拿过来。"

"我要是不呢?"

"什么呀,你这个坏家伙。"

害怕了吗?为什么不说话?

怎么说着说着就安静了。

如此灼热的蓝

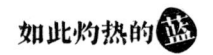

"你现在是不是觉得她很伤心?我还以为你崇拜她呢,你还真是奇怪啊。喂,她现在可不是伤心,而是害怕。你连那个都不知道吗?那家伙可是只会对自己的事情上心的那种人。"

他又说什么胡话。我的火气一下子就上来了。

"吵死了!说话也得让人听得懂才行啊!"

那家伙又跟我磨叽了起来,只是这次他刻意压低了嗓门。

"你,你为了自己活命,抛弃过朋友吗?"

"什么呀?你在开玩笑?"

真无语。

"我怎么可能在这里拿我宝贵的工作时间和你开玩笑呢,要是被发现的话我可是会被炒鱿鱼的。"

"嗯,是吗?所以明天那个……"

"安静,安静,从现在开始好好地听我说。你的大脑要是不运转的话,那我就来给你说明一下。我来告诉你,那个要死要活的家伙现在是什么心情。知道了吗?"

然后他装模作样地干咳了两声。

第四部分 那天傍晚，那片树林

"好，假设你有一个非常喜欢你的朋友。有一天你们两个一起掉进了水里，但那个朋友不知道从哪里找来了一件救生衣。她把救生衣递给你，对你说，我没事，你先走吧。你该怎么办？"

"我呀……嗯……"

"不要思索。"

"真搞笑，说什么呀！我游泳游得很好！绝对不会掉进水里的。"

"哈哈，好吧。我现在是说，虽然你游得很好，但还是掉进水里了。"

"没掉下去！我掉不下去！"

"只要人活着就有可能掉进水里啊！你当然也会掉进去。明白了吗？总之，人都一样，游泳游得好的也会掉下去的，游得不好的也会掉下去，所以你好好听我说。假如说你现在被困在水中，这时你犹豫了一下，接过了朋友递来的那件救生衣，然后活着从水里走了出来。只有你一个人活着出来了，明白了吗？"

"什么呀，我们现在不是在说智友的事情吗，怎么又说起朋友掉进水里死了这种奇怪的话呢？！"

"这种情况,想想都觉得恶心吧?"

"……"

"要我说……尹智友现在应该就是那种心情,反正差不多就是这个意思。"

所以这都是什么啊,这家伙口中的智友和慧星……

"看你现在这么安静,是因为脑子转起来了吧?她的心情可能比那个更糟糕。毕竟是她把慧星扔回去的,那甚至不是水,慧星她也不会游泳……"

"闭嘴!"

"对,就是这样。你也觉得这种行为很肮脏吧。"

"我叫你闭嘴。"

"她大概……"

"我说闭嘴!"

"是该死了,现在。"

"闭嘴,闭嘴!闭嘴!"

"明天,我拿给你。"

那小子就这样挂断了电话,而我还迟迟无法放下

第四部分 那天傍晚,那片树林

电话。

门外传来爸爸的干咳声,可我什么话也说不出来。"侑利,爸爸要进去了。"爸爸一边说着一边推门走了进来。"哎哟,我还以为我的耳朵要掉了呢。"妈妈也跟着走了进来。可他们两个人都只是看着我,什么话也没有说。妈妈把我手里的手机拿出来放在了桌子上,爸爸只是拉着我的手让我坐在床上。

爸爸紧紧握着我的手。

"我们豆子应该很饿吧,饿得都尖叫起来了。"

听到爸爸的话,我扑哧一声笑了出来,可笑着笑着便哽咽起来,眼泪扑簌扑簌地掉了下来。

★

明明已经关灯爬进了被窝,我的精神却失常了。具俊昊那家伙的故事,躲在被窝里想起来更害怕了。万一,万一那家伙说的是真的……如果智友她真的是那种心情……那个……啊啊,那个……也太残忍了吧。智友身上为什么会发生那种事情,智友多善良

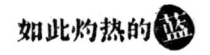

啊。不，不会的，不会的。那家伙，都是那个坏家伙瞎编的。应该就是这样的，没错。他要是再敢说出这种话，我绝对饶不了他。我再也不会让他说那种话了……绝对不会让他那样。不让……可嗓子里哽咽得想要哭出来。我使劲蒙着被子，只为了不哭出来。别哭，都是骗人的，别相信那种家伙说的话！那只是那家伙，具俊昊编造的故事而已。那小子肯定是从哪里道听途说来的。我双手紧紧地抓着被子，为了避免自己发抖。李侑利，打起精神来。别上了他的当！我猛地坐了起来。

这种时候最需要的就是直言不讳，不，确切地说是骂人。

我摸黑连续给那家伙发了几条短信。

浑蛋！像干瘪坚果一样的家伙！
骗子！流氓！我绝对不相信你说的话！
你这样做的理由是什么？你真该下地狱！！！

终于，心里爽快了一些，头脑却清醒了过来。

第四部分 那天傍晚,那片树林

也许智友早就知道具俊昊是个坏孩子,所以才避开他的。

睡意袭来。

本以为自己好不容易摆脱了那家伙的魔爪,但早上醒来一看,那家伙还是阴魂不散,仿佛就横亘在我的房间里。如果说有前世的话,我觉得那家伙一定是个人人喊打的蟑螂。厚颜无耻、别有用心,而且顽固不化。那小子凌晨给我发了三条短信,都是针对我那些骂人话语的回信。

好,你今天来的话,我就告诉你为什么。

真相比你想象的还要残酷,如果你一定要知道的话。

下一个再去地狱也不晚吧?

那家伙、慧星和智友

我到达那家伙——具俊昊指定的地铁站一号出口时,是下午一点三十分。不能因为今天是星期六就放

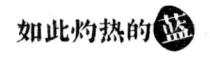

肆地玩！之所以得出这个结论，是因为班主任刚刚对我们进行了长达三十分钟的课后总结。我从来没有像今天这样讨厌过班主任。我打电话给具俊昊，告诉他自己一点之前过去，那家伙在电话里大喊大叫着说自己会等我，可结果令人有点想笑，没错就是这样，这里并没有那家伙的身影。卑鄙的家伙，三十分钟都等不了吗？我本来想给他打电话的，可最后还是发了条短信。再发一次，啊啊，真倒霉。没办法，我只能又按了通话按钮。不接电话。再打，再打，再来一次。之前那么讨厌他的时候，他倒是出现得挺勤快的。啊，老天爷！佛祖！请赐予我一颗冷静又如匕首般锋利的心脏吧！请再赐予我强大的行动力吧！这回那小子要是再敢胡言乱语，我就要向他展示"打架王"的真面目了。智友今天还是没能来学校，虽然智友的妈妈说她现在已经快好了，正在恢复中。可就算是只考虑到智友，我也不会再让他说出那样的话了，否则我一定会给他点颜色看看的。一想到这些，我就抑制不住自己的冲动。

我咽了咽口水，冷静地按响了通话按钮。

第四部分 那天傍晚，那片树林

大约十分钟之后，那家伙出现了。他是只有这种衣服吗，还有那个拖鞋又是什么啊？我真想大声喊出来，可最终还是忍住了。现在还不到惩罚他的时候，还不是时候。

"走吧。"

"去哪儿？"

"我家。"

"家？"

"哈，你的想象力还真是会往奇怪的地方发展啊。去家里吃了饭再出来吧，饭吃到一半总要把它吃完才行吧，不是吗？"

我只有小学参加同学的生日派对时，去过男孩的家里。我像是遭遇了突如其来的伏击一般惊慌失措，可那小子已经走远了，厚着脸皮说"要是不想来就别跟着了"，我无可奈何地跟在那家伙后面，双眼紧盯着他的后脑勺。呼呼地喘着粗气，生怕跟丢了。

那小子七扭八拐地走在市场小巷的前方，市场里食物的味道就像"蜜蜂"一样从四面八方飞来，"撞击"着我的脸。我靠着强大的意志力一直支撑着

如此灼热的 蓝

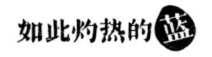

向前走着，肚子却不争气地咕噜咕噜叫了起来。啊，别这样……那小子瞥了我一眼。好像是在说"饿了吗？"，差不多是这个意思吧。

"不，我不饿！"

我就这样像个傻子一样说了出来，当我意识到糟糕的时候已经晚了。

"是吗？真是万幸。"

那小子扑哧一下笑了出来。李侑利，打起精神来！我马上又恢复了意志。看了看市场小巷的尽头，给了那小子一个"快走吧，走吧"的眼神。我们就这样走了十几分钟，那家伙抬了抬下巴示意我就是"这里"。那是一座红砖住宅，大概是上到了二楼还是三楼？楼梯实在是太多了，我都有点分不清了。透过敞开的大门，我看到在层层摆放花盆的台阶上有一个相当大的玄关门，想着会是那里吗？但是那家伙并没有走进去，他绕到楼梯旁边狭窄的通道处，顺着院墙继续向后走去。接着推开了一扇用宽大的黄褐色胶带贴补住破碎位置的小玻璃门。啊，这里？他难道是自己一个人住吗？我脑子里乱糟糟的，那家伙回头看着站

第四部分 那天傍晚，那片树林

在门口的我，好像是示意我进来似的，又抬起下巴往里指了指。我心里呐喊着"行动力！"，然后便走进了那扇门。

进门的位置就是厨房，往里面走还有一个房间，房间的门大敞着。虽说是厨房，但其实就是水泥地上立着一个仿佛马上就要"瘫倒"的水槽，在旁边还摆放着一台小小的冰箱，房间的另一个角落里也立着一根水管。不过，卫生间在哪儿呢？我一边想着一边朝房间内看了一眼。"你是在找卫生间吗？"他问道。大概是看到了我东张西望的样子吧，真是个"小滑头"。"我有点急事要处理。"话音未落，那家伙便一下子蹿进了房间内，站在小桌子旁边，咂巴着嘴呼噜呼噜地处理起了"紧急事务"。

说实话，我有点（比"稍微"要多一点）害怕。所以说，现在算是我自己走进了独居的坏孩子家里。我那刚才还在燃烧着的坚决的"战意"，马上就要狼狈地消失了。怎么办……怎么办……我的脑子好像转不动了。

还没等我回过神来，具俊昊就拿着奖杯，将我

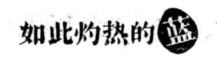

推到了一边,然后把奖杯里的东西一股脑倒进了水槽里。

"又开始了?"他说道,同时咧开大嘴笑着。

"什么,什么又开始了?"

"算了,你要是那么害怕就出去……也对,确实是会有点害怕了。你到外面等几分钟,反正我也要出去。"

刚才,要不是具俊昊那个样子,我是绝对不会进来的,绝对!

"啊,什么呀。你怎么这样?"

我扑通一声瘫坐在地上。那家伙的房间和那家伙的形象一点都不相符。沿着窗户向墙角望去,依稀可以看到发霉的痕迹。地板也像玻璃门一样贴着黄褐色的胶带,可令人惊讶的是,房间被整理得干净利落。悬挂着衣服的衣架、衣架后的单人折叠床、整整齐齐堆放着的带有手把的箱子、小衣柜旁被漫画书填满的狭长书柜、靠墙摆放着的长长的电脑桌,也被收拾得一尘不染。

但真正让我惊讶的并不是那个(整理这种事情,

第四部分 那天傍晚，那片树林

只要静下心来是个人都能做到，不是吗？）。最先映入我眼帘的是挂在电脑桌上方的绳子，绳子上有很多用木头夹子夹住的纸张。除了几张外，全部都是手绘的漫画人物。而且电脑旁还摆着一本熟悉的《动态人体素描》。去年举行"蓝"社团活动的时候，智友在讲述透视投影法时拿来给大家学习的。还有一个让我感觉"又来了？"的物件是，摆放在书架上古谷实的漫画书，这里有他至今出版的全部作品。古谷实是我妈妈喜欢得快要昏过去的漫画家，这是继徐太志之后对我的第二次冲击。

我变得更加不安起来，那家伙的房间和我想象中的相去甚远，我心里嘀咕着，说不定具俊昊并不是个坏孩子呢。啊，真不吉利！奇怪！具俊昊的房间不应该是这样的啊。

"这……不是挺优秀的嘛。"一想到这些，心情变得更差了。对吧，具俊昊对我说出"我家"的时候，我脑海中浮现的，是和"永无止境的夜行徐太志"这个称号相符的极其脏乱的房间，房间里面应该充满了令人不快的东西，例如：不良视频的CD、演员

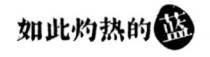

海报、脏兮兮的衣服等。我真的很想说服自己，好恢复我的战斗意志。

啊，不是的。坏孩子中应该也有干净利落、喜欢漫画和古谷实的那种吧，肯定有这样的。你怎么回事，像个傻瓜一样？拜托，打起精神来。而且你不是不喜欢古谷实嘛。你不是还跟妈妈说过，让她不要再看那种漫画了。所以千万别被那家伙给骗了，他很可能也是个变态。具俊昊那家伙咣当咣当地不知道在厨房里做什么。一会儿等那家伙一进来，你就直接进入正题，知道了吗？

我挺起肩膀，端端正正地坐了下来。这时候必须拿出架势来，让自己显得高傲一些。

"喂，你在干什么？快进来！"我大喊了一声。

"小声点。"

那家伙端着碗面，猛地伸到了我的面前。我瞥了一眼，继续冷冷地看着他。说实话我确实是有点饿，可现在绝对不能被那家伙的一碗面给骗过去。

"房东大妈下来了。"

真是令人兴奋的消息。哦，是吗？那也太好了。

第四部分 那天傍晚,那片树林

在哪里?这家伙要是敢做出什么变态的举动,我一定会大叫,着火了!

"你不吃吗?"

那家伙把面碗推到我的面前。

"说正事吧。"

我装作看不见面碗什么的。

"正事?"

"你不是要和我说什么真相吗?"

"啊,真相!"

这小子真是动不动就耍嘴皮子。肚子好饿,不想听他说这些废话。

"我不想吃这种东西,你收起来吧!把你的那些玩笑话也收起来,老老实实地告诉我你到底为什么要那样!如果真的有什么东西要交给智友,现在也拿出来吧!"

我吧啦吧啦地一顿输出。干得好,干得好。

"好吧……"那家伙看着我的脸说道。

"你做好心理准备了吗?"

他斜伸出一条腿,依着窗边的墙坐了下来。

如此灼热的 蓝

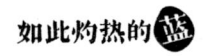

"我也很忙的。人生真是烂透了,我都好久没学习了,每天都累到不行。国家考试没剩多少时间了。"

这小子真是的!学习?考试?我没有接话。现在,只要他不说正事我就不理他。就这样做。

"你现在是生气了吗?两个鼻孔呼哧呼哧在跳。"

我继续保持沉默。

"会画漫画吗?投影法我怎么看都看不懂。画线倒是画得挺厉害的,双手双脚都用上了。"

我还是没理他。

"什么呀,难道你连投影法都不知道吗?也是,坚果怎么可能知道投影法,那是什么呢……"

啊,啊,啊,虽然我真的很想忍住,但我的耐心很快就见底了。

"你少来了!"我握紧拳头朝着那家伙挥舞道。

是不是有点难看了?

那家伙朝我咧嘴笑着说:"你关心和那个没教养的家伙有关的事情对吧?也对,不管慧星死了,还

第四部分 那天傍晚，那片树林

是别的孩子怎么样，都和你没什么关系吧。知道了，我现在就告诉你你最关心的事情，收一收你那副表情吧。"谁说的！就在我要对他做出回击的瞬间，那家伙将手指抵在嘴上，发出嘘的声音威胁道："你，从现在开始如果再打断我说话的话，我就……"

坏蛋，坏蛋，坏蛋。我在心里反复说着这句话。

"那个嘛。有一个全世界最傻的小丫头，叫周慧星。她虽然有父母，但他们两个都不是好东西。跟他们比起来，我们家那个老头子可好太多了，'你现在年纪也不小了，自己出去独立吧！'，还给我租了房子，呵呵。是啊，现在在这里说我们家老头子的话，有一点像是在炫耀了，再重新说回那个傻丫头吧。有一天我送那丫头回家，刚走到胡同口就听见她妈妈耍酒疯的声音了。臭丫头，该死的丫头！你这个小偷！你爬进来干什么。滚出去死吧，臭丫头！接着就听到哗啦啦什么东西碎掉的声音。像是要直接从哪个狭窄的胡同里飞走一样。哈哈，不过那个傻瓜就是那样。'我妈妈以前不是这样的，以前她做饭很好吃，也很漂亮。她现在这样只是因为喝酒了，她不喝酒的时候

如此灼热的蓝

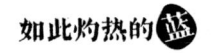

是不会骂人的。哥哥你不知道，我妈妈她很可怜的。爸爸走之前每天都会打她，胳膊都被打断过。所以我才会那么说的。'啊哈，也不关心你有没有去上学，自己家老头子每天送快递赚来的钱，就这样每天拿去喝酒吗？哎哟，真可怜！所以那丫头才会突然发火。'够了！再怎么说我也不喜欢哥哥说这种话。还有，别叫我爷爷老头子，他还不是老头子！都是因为我……都是因为我……'都这样了还不让人说，拖拖拉拉的。真是的。"

具俊昊似乎是感到无语，接连发出那种声音。

"总之，她嘴里挤了半天，又还是那些话。'我不去上学也不能怪妈妈！怪我！是我自己没去的。反正我去了也不会学习，同学们也不喜欢我。老师们也觉得，像我这样的孩子就干脆别来上学了。换作是我，我也会讨厌像我这样的孩子坐在教室里的。衣服上总是有味道，学习也特别差，作业也不做，就连该准备的东西都不带。所以这全都怪我，不是别人的错！'你不觉得很好笑吗？我简直要休克了。我问她，你是不是被你离家出走的父亲打过头还是怎么

第四部分 那天傍晚，那片树林

的。哈，你知道她怎么说的吗？'没有，爸爸的腿在工地受伤之前，也从来没有打过我们，也不会骂我们是坏女人。'听到这些，我真是觉得很新鲜。那时的我只希望我们家老头子快点消失，那就是我的最大心愿！可是再怎么笨的十二岁小学生，她怎么能够真的毫无对策，太神奇。所以我们做Cos的这帮人聚会的时候总会叫她过来，跟女孩子们出去玩的时候也会叫她一起过来玩。那感觉真的很奇怪，每次这傻子一掺和进来我们就不会吵架了。之前我们聚会的时候，大家一开始还玩得很开心，到最后却总会吵架什么的。大概是因为那个傻子总是嘻嘻哈哈的，所以我们也会跟着一起笑嘻嘻的。不论是你还是我，甚至我们家老头子，都应该见一见她。你不觉得很神奇吗？哈哈，看到那个傻子见谁都喊'哥哥，哥哥！姐姐，姐姐！'，像个面团一样多好啊……也是，那个傻瓜做的事情里神奇、稀奇的岂止这些。在我面前吧嗒吧嗒地抽烟，真让人讨厌！我跟她说那样长不高个子！可她装作没听见。没想到被她爷爷发现后，一下子就戒掉了。好像是因为爷爷哭了。嘿嘿，别的不说，戒烟

如此灼热的蓝

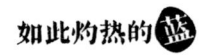

真是小菜一碟。"

具俊昊突然扑哧一笑,说:"怎么样,要不要看看那个傻子长什么样?"

我屏息凝神地听着具俊昊的话,被他这突如其来的提问吓了一跳,几乎条件反射般"哦?"地回答道。

具俊昊照片中的慧星看起来一点都不傻,她坐在游乐园的碰碰车上,一只手比出V字,脸颊上扬开心地笑着。

还挺可爱的。

具俊昊从我手中抢过了慧星的照片。

"啊,所以接下来,就是说……啊,真是的,总说那傻子的事情,心情都变糟了。还是把这些都省略掉,直接进入你最想听的'正事'吧。好吧,简单来说,我和那个傻子相处得还挺不错的,只是那傻子没有对我提起太多智友那家伙的事情。在我们的世界里,大家一般不会过多地谈论自己。那个傻子后来遇到的那些事情,也是我威胁她才说的,那些肮脏的事情,实在是让人抑郁。慧星只要一开口就是漫画,你

第四部分 那天傍晚，那片树林

不知道吧？那个笨蛋，漫画画得倒是挺好的，那里有三分之一都是慧星画的。"

具俊昊看着那些悬挂在绳子上的纸张说道。

"大概是去年秋天开始吧，每次见面她都是一副'吃瘪'的表情。过去只要一见面就会'嘿嘿'笑着的人，忽然摆出一副'吃瘪'的表情不是很奇怪吗？所以我就刨根问底了起来。然后她就说了姐姐什么的，是的没错，说的就是你那个该死的朋友。所以，我就知道了。那么，那个姐姐是从什么时候开始突然变了呢？我继续纠缠地问了下去。结果她却说了这一年多发生的怪事。那到底是怎么回事呢，大概就是有一天，慧星那个傻子和她口中'全世界最漂亮的姐姐'，也就是你的朋友智友一起去山上玩了，管那里叫山可能不太准确吧，因为那边其实离登山路的入口并不远。总之那天的天气很热，她们两个带着饮料和吃的，还有事先准备好的凉席就去了那里。两个人还在那里画了画。她们以前也去那边玩过，只是那天两人待到很晚都没走。可偏偏就在那一天，出现了几个找碴儿的家伙。啊，都是些经常在他们小区里随地吐痰的家伙。他们还知道慧星有偷

如此灼热的 蓝

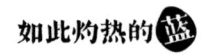

东西的毛病。总之那些家伙一过去，就说，哦，这是谁啊，这不是小偷吗？大概是说了很多类似的难听的话。这期间天也慢慢黑了下来，山里面原本就是这样，说黑就黑，从天亮到天黑就在一瞬间。总之，不管怎么说。她首先想到的不是自己，而且先担心那个姐姐，说姐姐身体又弱又胆小，和自己完全不一样。所以她拼命祈求那些人，很好笑吧？喂，你想想看啊，那叫什么事啊？两个女孩在树林里玩，晚上遇到了小区里的混混，其中一个女孩请求他们放另一个女孩走。不知道为什么，他们真的放走了其中一个。可那一个真的就自己走掉了，只留下另一个傻子一个人在树林里。差不多就是这个意思。"

我的大脑几乎处于宕机状态，怔怔地听着具俊昊的故事。

"于是我又继续追问了下去，你那天还好吗？可她只是点了点头。这代表还好吗，还是并不好，或者是没发生什么事情？倒是说清楚啊！我勃然大怒。可她一直坚持到最后也没说。什么事都没有！真的！我说真的！既然本人都说没有了，那应该是没什么了

第四部分 那天傍晚，那片树林

吧……可是，这种话谁又会那么轻易就相信呢？不是吗？说实话，我始终无法相信慧星的话。倒是那个叫智友的孩子会是什么样的心情呢？听说她从那时候开始，只要一看到慧星的脸马上就会躲开。这也太明显了吧，智友她到底在想什么啊？嗯，好吧。凭你那超凡的想象力，我不解释你应该也能听懂了。"

具俊昊突然看向我。

"喂，闭上嘴巴，打起精神来。你看你的眼睛都没神了。那可是幅名画啊，名画。题目就叫作《在空中徘徊的少女之魂》，你觉得怎么样？哈哈。嗯，啊，总之，我跟慧星也说过。可真是太好了。智友那家伙被逮个正着，恐怕会一直生活在不安中。可谁知道，那个傻子又冲我发起火来。'哥哥你凭什么骂智友姐姐！是我让她走，她才走掉的！是我让她走的！'说着说着眼泪又快要流出来了，反正你们女孩子的心我真是不懂。我根本没有理由因为智友这种人和慧星吵架，反倒更让我看清了那个傻子的内心：'她就是因为这个才避开你的，也许她到死都无法摆脱，丢下你独自一人的罪

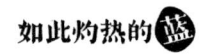

恶感。想起那天的事，不对，是一想到你，她就喘不过气来。'慧星被我的结论震惊得目瞪口呆！我嫌麻烦，就没有继续说下去，可能也是怕那个傻子责怪自己。所以我也没有再继续纠缠：'去和她见面吧。不管是谎言还是事实，就当那天什么事都没有发生吧。你这样说，她也能够喘口气。'可是那个傻子始终不敢再去找她。在笔记本上随便写了些什么，就开始用亚克力笔画了起来，画完就走，总之就是一拖再拖。我嘛，说实话，又不是我自己的事情，我也没有理由继续催促她。久而久之也就忘记了。毕竟我也忙得不可开交，你知道昼耕夜读吗？说的就是我。我白天学习，晚上出去工作。可是有一天她突然让我把画和笔记本都拿过去。'你疯了吗？这就全毁掉了。''那就放在这里吧。'我原本也是想要毁掉的，可没想到就那样收下了。我确实有点，在慧星面前狠不下心来……但是，啊，真是的，在那之后没多久就发生了那件事情。啊，真是的。"

具俊昊猛地站了起来。

第四部分 那天傍晚，那片树林

"现在你满意了吗？"

他端着碗面去了厨房。

"尽量打起精神来吧，我也知道这一时很难接受。"

他头也没回地说道。

好不容易，勉强——和妈妈

我从具俊昊那里得到了一幅十号大小的油画和一本笔记本后，我拿着东西走到了外面。具俊昊一边递给我，一边问道："你不会拆开吧？稍微忍一忍吧，坚果。"虽然他到最后一刻，都还搞着那些低级的幽默。不过我还是点头表示了同意。"嗯。我会的。"我温文尔雅地回答道。笔记本用印着蓝色美人鱼的红色包装纸包了起来，我把笔记本放进包里，然后将油画抱在了胸前。我看到自己的手在发抖，却没有感觉到。

"要我送你到车站吗？"

"不用。"

如此灼热的 蓝

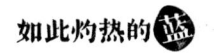

"嗯,那好吧。"

他在我身后关上了房门。虽然只是关上了房门,可我好像是从世界尽头某个遥远的地方被啪的一声吐了出来。好,从现在开始就只剩下你一个人了,好好做。有一个声音在我的耳边窃窃私语道。我像是被一个看不见的人推搡着噔噔噔地向前走着。就在具俊昊带我过来的那条路上,一个人咯噔咯噔飞快地走着。我将慧星的画紧紧抱在胸前。我透过月光,看到了街道、看到了行人、看到了过往的汽车、看到了自行车、看到了婴儿车,他们都从我的面前走过,不知道去向了哪里。不知不觉间,我已经走过市场,通过地铁站的检票口,坐上地铁,此刻正走在回家的路上。仿佛是我的腿在拖着我往前走。恍惚间,我看到了某个地方映照出的我自己。地铁的车窗、检票口旁的镜子、街头商店的玻璃等,就像是个幽灵一般。转眼间,我所居住的小区就这样出现在了眼前,我左右张望了起来。我应该感到高兴的,还能站在我所熟悉的地方。我们小区……快到了……是吗?总之,我和路

第四部分 那天傍晚，那片树林

口布帐马车①中正在翻动鱼饼的阿姨对视了，这是我和妈妈经常去光顾的一个摊位。阿姨正乐呵呵地说着什么，我看着她笑了起来，阿姨看到我笑也跟着笑了起来。我不自觉地走进布帐马车的棚子坐了下来，直到那时，我身体的主人还是我的双腿。

"今天是一个人来啊？鱼饼？三个？"

阿姨把鱼饼装进塑料盘子里放在了我的面前。我和她说话了吗？我已经记不起来了。我只记得自己一直俯视着怀中慧星的画。

"看起来是很重要的东西啊，给我吧，放在我这里。"

阿姨朝我伸出手来。我摇了摇头，看了看面前的鱼饼串。我点了鱼饼。我拿起皱巴巴的鱼饼串，一手一串，翻过手将鱼饼塞进嘴里，一个劲地咀嚼了起来……我吃起了鱼饼，努力地，细嚼慢咽着。眼前的视线却逐渐模糊了起来，眼泪顺着我的眼睛滴了下来。

---

① 可方便移动的街头小吃摊。

如此灼热的 蓝

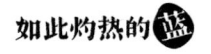

"怎么了，学生？"

我也不知道。它们就这样从我的眼中一滴滴地落了下来。我哼了一下，继续张开了嘴巴。

"天呀。"

我依旧继续吃着鱼饼，眼泪还是不断地往下掉着。

"这可怎么办？"

还没吃完。我拼命地吃着剩下的鱼饼。

"哎哟！"

"就放在这吧。"

"啧啧。"

我努力吃完了所有的鱼饼，向阿姨鞠了一躬便走了出去。身后的阿姨好像还在说着些什么，可我已经径自咯噔咯噔地走掉了。

家里没有人。我站在客厅内，环顾着空荡荡的房间，突然浑身颤抖了起来。为什么会这样呢？我很奇怪自己为什么会发抖。接着走进屋内蒙着被子躺了下来，连校服都没有脱，我也没想过要脱掉校服。房间里实在太安静了，牙齿撞击的声音在我的耳边显得格

第四部分 那天傍晚，那片树林

外大。好奇怪啊，为什么会这样呢？为什么会这样？我为什么会这样？我就这样喃喃自语着，然后不知不觉就睡着了。

再一次睁开眼睛时，房间内已经变得一片漆黑。

我躺在被窝里眨着眼睛，尝试着去思考，想要重新启用我那已经停止运转的大脑。所以我现在在哪里，今天是几号，现在是几点，我为什么会这样？

直到那时，我都没想起不在家的妈妈，不对，应该是把"妈妈"忘记了。后来我听妈妈说，她那时候给我发了三条短信，可我手机放在包里，完全不知道。反正就在那时家里的电话忽然响了起来，打乱了我的思路。动起来！动起来！我缓缓地从床上爬起来，打开灯，走到摆放电话的地方。

"哦，你在家啊？"

是妈妈。

"怎么不回短信，手机也不接。"

"嗯。"

"妈妈十点左右回去。"

"嗯。"

如此灼热的蓝

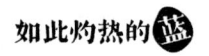

我嗯嗯地回答着,走廊里回荡着我的声音。

"今天是周六,我的兼职要到十点才结束。爸爸也不在家,你自己一个人先吃晚饭吧。"

"嗯。"

可是爸爸为什么不在家呢?我没太听懂妈妈的话。爸爸出差的事情,我都是后来等妈妈回家才知道的。

"真奇怪,我知道了。先挂了。"

"嗯。"

我渐渐走回了"黑暗"中,挂断电话后我蜷缩在昏暗的客厅地板上。光线从我房间里透出来,在我身上一闪而过。我的面前出现了如水洼一般的倒影,绿油油的客厅墙壁上沾满了(经常触摸形成的)污垢,沙发的影子被拉得很长,不停地晃动着。大概是阳台门开着的原因吧?夜晚浓烈的气味和噪声扑面而来。慧星、智友、那个夜晚,还有那个森林,仿佛在这黑暗中重现了。怎么办,怎么办,我捂着嘴巴胡乱地摇着头,像是要把脑袋扯下来一般。不行!不可以这样!不要这样!哈啊,慧星的笑脸和黑影重叠了。啊

第四部分 那天傍晚，那片树林

啊啊，拜托……

眼泪又一次嘀嗒嘀嗒地掉了下来。

我又想起了慧星摆着V字手势的笑脸，在那张笑脸上重叠着智友苍白的脸。慧星，智友究竟有多少次回想起那个夜晚呢……慧星又该有多害怕呢……智友现在又在想什么呢……我真是个傻瓜，傻瓜，什么都不知道的傻瓜。这些都是我流泪的理由。我是那样愚蠢，让智友独自承受痛苦。我笑的时候，智友在哭泣。智友，对不起。别哭，别哭了……

就在这时，我忽然想起来那个。画！笔记本！

"啊，怎么办。我现在在干什么呢，我这个傻瓜！傻瓜！"

我猛地站了起来，走进房间内。我看了一眼放在桌上的画，又从包里拿出笔记本放进衣架上挂着的斜挎包里，一只手拿着交通卡，一只手拿着画跑出了家门。因为走得很着急，我的一只脚刚刚插进运动鞋，就这样拖着走到了电梯前，连续按了十次下降的按钮。啊，怎么这么慢！

电梯里一位老奶奶用"她为什么这个样子？"

如此灼热的 蓝

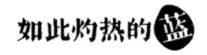

的表情看着我,只不过我当时没能理解她的表情。电梯里明明就有镜子,镜子里映照出满是汗味、穿着皱巴巴的校服、眼睛红得像兔子一样、顶着鸡窝头的我。我一副惨兮兮的样子,精神恍惚地跑到公交车站,来回跺着双脚等待着公交车。哪怕是上了公交车,嘴里也不断地发出"啊,啊,快点!快点!"的呻吟声。这样看来,当时公交车上的人应该也觉得我很不寻常。当时公交车司机叔叔"喂,喂,学生,抓住把手""啊,真是的。嘿,学生"那样慌里慌张喊了好几次的那个学生,大概就是我吧。所以站在我旁边的大婶才拍了拍我说"要拉住把手啊"。我就是以那种精神状态走到了智友家的门口。明明大门口就装着门铃,我却还是哐哐地敲起了门。"智友呀!智友呀!"呼喊着智友的名字,我放声大喊着,就连住在智友家前面的小孩子都时不时打开房门看着我。

"姐姐,你怎么了?"

"嗯,没什么,智友不在家吗?"

"你是她朋友吗?"

"呃,嗯嗯。"

第四部分 那天傍晚，那片树林

"真是的，来朋友家之前应该先打个电话呀。"

"电话？"

"嗯，你没有电话吗？"

"电话？"

"要我把电话借给你吗？"

"不，不用了。我应该带了。"

我擦了擦鼻涕，低头翻了翻斜挎包，从包里拿出了手机。"啊，在这儿！"我拿着手机朝着小家伙摇了摇。小家伙嫣然一笑，钻进房间关上了大门。我先打了智友家的电话，但是没人接。接着又打了智友的电话，还是没人接。再打一次，还是没人接，没人接。我不知道智友妈妈的手机号码……我站在那里打了几十个电话。智友家里，智友的手机。啊，傻瓜！我的脑子现在就像是一张白纸。智友可能和妈妈一起出去了。可我的脑子就连这种最为简单、常识性的大脑活动都无法进行了。智友不在家这件事，对我来说太可怕了，我真的很害怕。就连她可能是因为生病去医院了这种推理对我来说都很难做出了。于是我呜呜地哭着跑到了一楼的警卫室。

如此灼热的 蓝

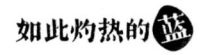

我胡乱敲着警卫室的玻璃门。

"大叔,智友不在了。"

在警卫室内看报纸的大叔摘下眼镜,打开门说:"你说什么?""智友不在了,不在了。"我喊道。"原来是住在506号的学生啊。"警卫大叔认出了我。我一边点头一边说:"是,是,是,是,智友,您没看到智友吗?"

"谁?"

"智友!"

"啊,真是的,你这么说我就能知道吗?"

"1006号的智友。"

"1006号?啊,怎么了,他们家是出什么事情了吗?"

"嗯,是的。不,不,没有。智友她没有不舒服的地方,应该在家的,但是不在。她很痛苦,所以我一定要把这个给她,可是她不在家。怎么办,呜呜。"

大叔上下打量着我,他那个表情应该是在说"学生不在家,那就在学校呗",只是那天我脑海中的白

第四部分 那天傍晚，那片树林

纸上除了"智友不在了"什么都没写，什么都想不起来。所以我一直对回答不出智友在哪里的警卫大叔说："智友不在了！为什么不在了？！"嗯，警卫大叔当时该有多无奈啊？警卫大叔看着莽莽撞撞冲击警卫室的我，建议道："学生，先给你妈妈打个电话怎么样？"我听取他的建议给妈妈打了电话。当然我对妈妈说的话也是"妈、妈、妈，怎、怎，怎么办，怎么办，智友，智友……没，没"大概这样的话。

妈妈马上就赶来了。直到妈妈赶来之前，警卫大叔都一直把我"按"在警卫室的椅子上坐着，"学生，冷静一下""天气已经这么热了，你吃过晚饭了吗？""新搬的地方住得好吗？"等，一直不停地问着我问题。在妈妈来之前，我一直抖着腿，嘴里用"啊，是，是，啊，怎么办"之类的感叹词回应着。妈妈一见到我，就像是抱着个婴儿一样，紧紧地抱住了我。当我们坐着出租车出去的时候，我把脸埋在妈妈的膝盖上，呜呜大哭了起来。妈妈一边用手指梳理着我的鸡窝头，一边拍着我的肩膀。妈妈明白，当时的我大脑一片空白，所以并没有追问。现在想想，我

如此灼热的 蓝

妈妈真的很优秀。将我的丑态都挡在了"身后"。

"我听警卫大叔说,智友好像是和妈妈一起出门了。"当我冷静下来之后,妈妈对我说道。

我脱掉了校服,去卫生间里洗了澡,然后喝了杯热牛奶。这时候我认出了镜子里那个胖乎乎的女孩就是我,我也终于清醒了过来。我将自己的身体"托付"给了沙发上的妈妈,任由她用毛巾擦干我湿漉漉的头发。也正是这时,我终于一一回忆起了我的丑态。从"鱼饼摊"到"出租车"。

"辛苦了。"

"别取笑我。"

"我说真的。"

"你不说我也知道自己丢死人了,明天你去布帐马车阿姨那儿看看吧。"

"为什么?"

"回想起来,我好像是吃了鱼饼没给钱……"

"我知道了。"

"但是,你为什么什么都不问我?"

"我该问你发生了什么事情吗?"

第四部分 那天傍晚，那片树林

"我不知道……"

"……"

"妈妈？"

"嗯？"

"……"

"脸看起来还真严肃……别哭了。"

那时候，我的眼睛就像是出了故障的水龙头一样，眼泪啪嗒啪嗒地掉了下来。

"今天，要不要和妈妈一起睡？"

我没有说要也没说不要，我也不知道自己是不是想要那样。可是没过一会儿，我就从床上起来，抱着枕头去了里屋。大概是智友的电话唤醒了已经躺下的我，也可能是因为我太久没有听到智友的声音了。

当我看到手机液晶屏幕上闪现的"西红柿"字样时，我的心也像西红柿一样红了。

"我已经好了，今天和妈妈去了百货商店。"

智友的声音听起来还算明朗。

"智友啊，对不起。"

"什么？"

"所有,所有的事情。对不起。"

"真奇怪。别那样说,那你为什么给我打电话?"

"哦,哦,那个,明天我能去见见你吗?"

我不能在电话里说慧星的事情。

"好的。"智友爽快地答应了。

我咽了口唾沫继续说道:"去哪里?麦当劳吗?"

"不。"

"那去你家?"

"嗯……我下午去你家吧。"

"你能找得到吗?"

"嗯,地址我已经记下来了。"

"好的,知道了。我会等你的。"

"侑利啊。"

"嗯!"

"对不起。上次我……"

"不,不要说那种话。"

"不,真的对不起……谢谢你,我不会忘

第四部分 那天傍晚，那片树林

记的。"

我的眼泪又要流出来了。

"晚安。"

"嗯，你也晚安。"

挂断电话后，我的眼泪再次流了下来，直到回到里屋后也没能停止。

妈妈关上灯，在被窝里抓着我的手。

"哭完了吗？"

"差不多了。"

"……"

"妈妈？"

"嗯。

"我一直以为自己是个不错的孩子。但事实好像并非如此。'我很了解智友，我真的很喜欢她。'我总是嘻嘻哈哈地到处这样说。可后来我才知道，我对智友一无所知。智友一个人应该很辛苦吧，什么都没法说，只能一个人躲起来自责。而我还在这样的智友旁边嘻嘻哈哈的，还觉得她最后变心了，甚至还在心里埋怨她……真是不像话。好丢人。"

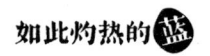

"也许，智友并没有这样认为。"

"太不像话了。如果我是智友，我连看都不想看像我这样的孩子一眼。"

"她不会的。"

"妈妈怎么知道？"

"这是最基本的嘛。"

"总是这样，我的问题真的很严重。"

"我知道，妈妈也经历过，所以我才这么说的。即便我没有问过智友到底发生了什么事情，可我还是知道。因为越是受过伤的人，越是希望身边的人可以笑着。"

"可我什么都不知道……"

大概是感觉到我又要哭了。

"李侑利。"

妈妈用低沉的声音呼唤着我的名字。

"现在不要再哭了，就算是一直哭，也什么都想不出来啊。"

我抽吸着鼻子，用一只手擦了擦眼角。

"好，从现在开始好好听妈妈说的话。说不定智

第四部分 那天傍晚，那片树林

友认为你不知道更好，或者说有时候她也想告诉你，又或许她根本就没有讨厌过你。"

真的是这样吗？

"妈妈所经历过的伤痛都是如此。像一道烙印在人们心中狰狞的伤疤，越是致命的伤痛越让人感到滚烫，就像是在内心深处藏着个火球一般。既希望身边的人能够明白自己，又十分害怕。"

伤痛……火球……

"你是想给智友打气吗？"

我点了点头。妈妈紧紧地握着我的手。

"真是难能可贵。那你就像现在陪在我身边这样吧，不要逃跑！"

"喊，我为什么要逃跑？"

我假装甩开妈妈的手。

"你想想看……生气时的状态。伤口越深，愈合的时间越长，继续留在她的身边，不就会变得很累吗？就像你现在这样。这样一来，你就会产生'我真的无能为力了'的想法。不是吗？"

"你现在是在吓唬我吗？"

如此灼热的蓝

"怎么了,害怕了?"

"不是那样的。"

"那就行了。"

"……"

"那就行了。妈妈相信李侑利。"

我……

"如果是妈妈认识的侑利的话,就一定没问题。虽然你有时候很单纯幼稚,可你长得很像李锡俊,所以看起来纯情。这可是很重要的。"

"什么呀,现在……"

"你也别太激动了,长得像爸爸是妈妈对你最好的称赞。"

妈妈再次握紧我的手,我没有甩开。真是的……我真的可以吗?真的能够成为智友的力量吗?我把手交给妈妈,凝视着那熟悉的黑暗。也许吧,也许可以的吧。别的不说,至少我可以一直陪着她,像现在这样。

这时候电话铃声响了起来,是家里的电话。

"不接吗?"

第四部分 那天傍晚，那片树林

妈妈没有回答，而是直接拿起听筒又挂了下去。

"怎么了？"

"我知道是谁打来的。"

"是谁啊？"

"李锡俊。"

"爸爸？可是为什么不接爸爸的电话呢？"

"现在，该睡觉了。以后再告诉你。"

"是很大的秘密吗？"

"什么秘密？"

妈妈放开了我的手，窸窸窣窣地坐了起来，倚靠在床头上。

"……"

"怎么，想听吗？"

我没有回答，而是用被子蒙住了头顶。

"好吧，其实也没有什么大不了的……你还记得吧？爸爸最近总跟妈妈说有空就一起去。昨天他让我自己一个人去，还和我说了对不起。这说的都是那件事，就是说一起去祭祀外公的事情。明天是外公的祭日。李锡俊应该也是为了说那件事才打电话回来的

如此灼热的蓝

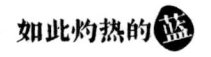

吧。李锡俊这个人什么都好，就是什么事都很操心，像老人一样。"

"外公？什么……"

我把脸探出被窝，抬头看着妈妈，和她对视了起来。妈妈这时也呵呵地笑了出来。

"什么？啊……第二个外公。"

我隐约知道一些。我的亲外公在妈妈很小的时候就去世了，之后外婆又再婚了。但是这两任外公我都没有见过，因为和外婆再婚的第二任外公，也在妈妈结婚前生病去世了。妈妈她也没有专门告诉过我关于两位外公的事情。当然，第一任外公的骨灰，就供奉在首尔近郊的骨灰堂内。每到第一任外公的祭日，我和爸爸妈妈都经常去祭拜。可是第二任外公我就不太清楚了，他的遗骸和墓地我都不知道在哪里。

"怎么，很奇怪吗？突然说要去祭祀？"

"有点。"

"原来如此，其实我也觉得有些尴尬……你爸爸他，好像是去年从你外婆那里得知了那位外公儿子的联系方式。所以爸爸一直叫妈妈一起去，可我一直没

第四部分 那天傍晚,那片树林

有去。所以去年你爸爸自己一个人去了。"

"为什么?"

"怎么了。嗯,虽然他是你那位外公的儿子,可是我们并没有一起住过,也没怎么见过面……不,不是的。说实话,我对你那位外公的记忆,就像是妈妈刚刚跟你说过的伤痛,在很长一段时间内,就像是火球一样。"

"……"

"李侑利。"

"嗯?"

"今天就到此为止吧。你今天应该很累,妈妈明天也要早起。下次有时间,我再慢慢地告诉你,知道了吗?"

"……"

"……"

我犹豫了一下,还是小心翼翼地问起了妈妈。

"那你现在感觉怎么样?"

"嗯,什么?啊,你说现在也还是个火球吗?是啊,现在,现在已经变成块石头了,这都多亏了李

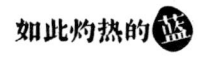

锡俊。"

"爸爸?"

"是的,你爸爸。所以你也不要逃跑,继续留在智友身边吧。笑一笑吧,这也是爱。"

妈妈说这也是爱,爱……

再次,向着那个夜晚

第二天早上,家里只留下了我独自一人。我反复读了好几遍妈妈贴在冰箱上的便条——"妈妈:我去去就来"。生活看起来并没有什么变化,至少看起来是那样的。只是,我十六岁人生中最漫长、最陌生的"昨天"过去了,只留下我肿胀的眼睛、我的愚蠢,以及对"爱"的恐惧。

我像吃糖一样,将"昨天"放入嘴中久久地回味着,想着李侑利,想着那些李侑利认为自己了解的人,以及她所不知道的事实。从李侑利所熟悉的世界另一端飞来的具俊昊、慧星、智友……第一次在电梯里见到的智友面无表情的脸;智友蜷缩着身子画画时

第四部分 那天傍晚,那片树林

的背影;她对着那个孩子大喊大叫时,瞪着眼睛露出的可怕神情;只在"蓝"活动时才散发着的,智友的笑容;智友画的那些灰暗又悲伤的画;智友读过的漫画;重新回到"一个人"时智友那远去的背影;还有那些凌晨时分向我飞来的"我是坏孩子"的短信。或许智友就是在那时知道了慧星的死讯,她是不是那时就已经陷入了那无法控制的黑暗之中?

我骑着自行车向附近地铁站的商业街奔去,想趁着智友来之前做很多事情。(这是我们家搬家以后,智友第一次来我家。)只是现在我脑子里想到的只有一件事情,那就是想要一个装饰漂亮的小茶几,就像之前孩子们一起去智友家进行"蓝"活动的时候看到的那个一样。我买了几个香烛、饼干、冰激凌和饮料。虽然现在还是六月初,但天气已经很热了。我回到家洗了把脸,拿出短袖和短裤,然后开始打扫我的房间。要是妈妈此刻在家的话,肯定会问:"这是怎么回事?"不过,妈妈现在到哪儿了呢?心情怎么样呢?这好像是我有生以来第一次担心妈妈。总之,我用从洗碗池旁的橱柜里,翻找出

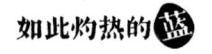

的几个看起来还不错的碗，搭配今天买的香薰蜡烛一起装饰了茶几。虽然我也在水槽下面的抽屉里翻找了半天，想要看看有没有类似桌布之类可用的东西，可最终还是应了那句话"我家里怎么可能有那种东西"。最后，我将慧星的画和笔记本一起摆放在了床边。

在做这些事情的时候，我忽然想起了慧星。那个认真画画、在笔记本上写东西、又精心挑选包装纸把它们装饰起来的慧星。那个一笑起来，脸颊上会露出甜甜酒窝的慧星。具俊昊说过，只要有彗星在，大家就不会吵架。她总是会和他抱怨，漫画却画得很好。智友的母亲也说过，慧星就像是大姐姐一样，一直跟随着孤零零的智友，让智友的脸上重新露出笑容。

但是，慧星的内心深处，一定也存在着那个吧……就是妈妈所说的……火球。想到这里，我的眼泪又从眼眶中掉了下来。拥有那样的父母，在那样的学校里，又遇到了那样的事情……如果是我的话，如果是我的话一定无法忍受吧。可慧星她……

第四部分 那天傍晚，那片树林

如果不是具俊昊，我也许永远都不会知道慧星。不知道世上还存在着慧星这样的孩子，哪怕慧星从我的身边经过，我也肯定会无视她。或许还会皱着眉头说"怎么会有这样的孩子"。说不定慧星来找我搭话，我也会毫不留情地躲开。就像是我第一次听到慧星死讯时那样。我的心里只想着智友。即便到了现在也是如此，现在也一样……我只担心智友。对不起慧星，我只能说对不起，我真的很抱歉。你一个人承受了那么多的不幸……然后就这样无可奈何地离开了人世……我能够对你说的也只有"对不起"而已，这就是我能做的全部了。

我抱着慧星的笔记本呜呜地哭了起来。

★

时间就这样到了五点，此刻的我第一感觉还是"智友迟到了！"，毕竟我们只是说了"下午"并没有提到几点，我不想问"你几点来？"这样的问题，我只是想等到她来为止。我很担心自己在看到智友的

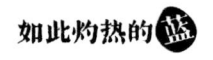

脸时又哽咽起来,害怕自己管理不了自己的泪腺,可丝毫没有想到智友可能会不来。

对智友会来赴约这件事情,我真的充满了自信。我的想法还是这么简单,虽然无法窥视智友的内心。

不,真的对不起……谢谢你,我不会忘记的。

但我确实真真切切地听到了她的这些话。我坐在慧星的画旁边,接到了智友妈妈打来的电话,智友那时所说的话也砰砰地在我的脑海中闪过。

"侑利啊,我是智友的妈妈。"

是智友的电话,但接起来后听到的确是智友母亲的声音。

"是!"

"智友到你们家了吗?"

"没有,还没来。"

当时的时间是五点十五分。

"嗯,她已经出去有一段时间了。大概是因为昨天逛太久了,我原本想要打电话给她让她不要迟到

第四部分 那天傍晚，那片树林

的，结果发现她把手机落在家里了。"

已经有一阵子了？我的手一下子抓住了包裹在画上的海边美人鱼的包装纸。

"去哪儿了呢？真是让人担心。现在还不能太过勉强才是……昨天也是，原本是不想出去的，可她一直说自己想出去，迫不得已我才装出一副赢不了她的样子，一起出去了……怪不得我感觉那么不安。昨天智友笑得很开心，吃得也很不错，我还想着现在终于可以松一口气了……也是，现在时间还早，大概是还有什么地方要去吧。等智友到了之后，让她给我回个电话吧。嗯？"

就在这时，智友昨晚的声音再一次从我的脑海中闪过。

不，真的对不起……谢谢你，我不会忘记的。

不会吧……一种不祥的预感袭来，就像是被谁泼了盆凉水一样。

如此灼热的蓝

★

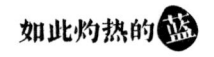

叭叭。

在车站前等我的具俊昊按响了摩托车的喇叭。

"什么呀?这不是好端端的。我还以为你一来就会又哭又闹的。"

就在我走近摩托车的时候,具俊昊把脑袋从头盔里"拔"了出来。

"你用吧!"

我乖乖地戴着头盔坐在了摩托车的后座,伸出双手抓住了具俊昊的腰。

"谢谢你。"

"什么,头盔吗?"

"不是。"

具俊昊咧着嘴笑了笑,然后发动了引擎。

"看来今晚,要夜不归宿了。"

具俊昊驶离了地铁站,向道路的外围开去。我紧紧地抓住了具俊昊的腰。

我们马上就要到达那片树林了。那片在很久之

第四部分 那天傍晚，那片树林

前，让智友和慧星留下幸福笑容的树林，也是那片树林让智友和慧星就此分离。我们正在去往的，就是智友和慧星深埋在心底的那片树林。

"喂，花生！"

"怎么了？"

"你今天太安静了，我还以为你晕过去了呢。"

"……"

"不紧张吗？"

"嗯，我不紧张。"

说真的。我一点都不紧张。自从我看到慧星答复的那一刻起，我的内心便停止了波动。此刻我的内心比任何时候都要安静，不，是勇敢。

我和智友的妈妈通过电话之后，就任性地打开了慧星的画和笔记本。虽然我不知道答案，但我的直觉告诉我，慧星一定知道智友在哪里。慧星，快告诉我智友现在在想什么，告诉我她在哪里！我疯狂地翻看着慧星的笔记本，慧星的文字就像是一串串答案，一行行地映入了我的眼帘。

如此灼热的蓝

我也想过，如果我是智友姐姐的话，我会怎么样。为此我还又去了一次那个树林。

那一行行的文字，写得又粗又深，像是反反复复描了很多遍。还有慧星的画，紫罗兰色头发的智友，我从没见过智友如此灿烂的笑脸。啊，原来智友还会这样笑啊！笑得眼睛都看不见，露出一整排上牙……就像慧星一样，智友的笑容，就像是具俊昊照片中的慧星一样。那一刻我就知道，智友现在一定和慧星在一起，慧星她会守护着智友的。

我也想有一天可以看到智友那样的笑脸。

"还远吗？"

"马上就到了。那地方我去过十几次了。"

"我，看到了。"

"什么？"

"慧星和智友。"

"你说什么呢？"

"我要向前走了。"

"嗯？"

第四部分 那天傍晚，那片树林

"我不会逃跑的。"

"什么？"

"就算是哭着也会坚持！"

"……"

"我肯定会哭得更大声！"

"……"

"要是我哭得再大声的话，慧星就会跑过来的！"

"……"

"跑起来！"

"这话怎么突然变味了。"

"跑起来！跑起来！"

终于，一片墨绿的树林出现在了我们的身边。

我必须得跑起来了。智友和慧星正在那片树林的某个地方等待着我。

尾声

　　具俊昊要求智友在公寓游乐场见面的日子,距离他们将她带离树林的那一天,已经过去了十多天。

　　"你还好吗?"

　　智友点了点头。那天侑利在树林里找到了智友,将她带回家后,智友整整病倒了四天,在这期间侑利每天都去智友家看望她。

　　"都看过了吗?"

尾声

智友再次点了点头。

"哎哟,妈呀,你是哑巴了吗?"

"……"

"坐下吧!"

就在具俊昊说出这句话之前,智友都一直站在他所坐的游乐场长椅前。听到这话,智友合上双手坐在了长椅的另一边。

"我,又不会吃掉你。"

具俊昊用运动鞋的鞋头踢着脚下的沙子。

"嗯,也是,你见到我也不怎么开心吧。"

"不是这样的。"

具俊昊盯着第一次开口的智友。

"是吗?那真是万幸。"

"……"

"但是怎么办呢,我还是不喜欢你。那个傻子,到最后还是站在你这边,相比起她自己,却千倍百倍地担心你这个丫头,真不知道这是为什么。要不是因为你,那个傻子也不会在那么冷的天去那种地方。好吧,好吧,也不能怪你啊。我也知道,毕竟我本来就

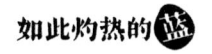

是个坏孩子。再说了,慧星已经死了,你……啊,算了。"

智友的头也越来越低。

"怎么,不想听这种话?"

智友摇了摇头。

"嗯,原本我们见面,也不是为了逗彼此开心的。就这样各自说完想说的话,然后离开吧。"

具俊昊呸的一声向外吐了一口痰,接着先将昨晚和侑利吵架的事情告诉了智友。

"我问坚果非得现在把这些告诉你吗,过一段时间再说应该也可以吧,结果那家伙瞪我瞪得眼睛都要冒火了。大概是觉得你一个人很孤单,不知道该怎么办。所以才逼着我过来的。那有什么关系,她的声音就像是坚果一样,干干脆脆、斩钉截铁的。反正我要说的就是这个,她让我好好地告诉你,慧星究竟是个什么样的孩子。这也是我拼命想要见你的理由,你明白了吗?"

接着,他开始讲起了之前给侑利说过的,关于慧星的故事。

尾声

具俊昊在讲述慧星的故事时,智友的眼泪扑簌扑簌地从眼眶内流了出来。

都说完后,具俊昊继续坐在已经哭了很久的智友旁边,用他的运动鞋头挖起了沙子。

"我讨厌看别人哭的样子,剩下的你自己回家哭吧。"

智友擦干了眼泪。

"你这种人应该很容易生活下去才对。你看看你身边,有那种刀枪不入的坚果,有这样的朋友在身边,不是已经很棒了吗?不像慧星,身边只有个像裹脚布一样的我。"

"谢谢你。"

"什么?"

"一直陪在慧星的身边。"

"说什么胡话,像我这样的家伙,就算有一百个,又有什么用!"

具俊昊猛地站了起来。

"还有一件想要感谢你的事情。"

具俊昊双手插在裤兜里回头看了看智友。

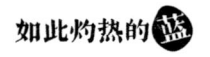

"谢谢你骂我。"

"哈哈,你们这些丫头。总是想让别人来扮演坏人。"

"我是认真的。"

"真的?你说的是真心话吗?真丢人。喂,你要是真心的话,就说不出这种话来了。谢谢你骂我?要不要我告诉你,你真的做错了什么?是你把慧星丢在树林里那件事吗?哪里,根本不是那个。你真正的错误,是对慧星不闻不问,假装看不到她。如果说慧星有哪里被你伤害到的话,并不是因为你逃出了树林,而是因为你对她的冷漠。别总是一副漠不关心的样子,那才是真心。知道了吗?"

"谢谢你。"

"我真是,最近'谢谢'是什么新发明的脏话吗?你没什么可感谢我的,以后别再对慧星不闻不问了!人不是死了就消失了。她还活在你的脑海中,也活在我的脑海中!知道了吗?"

具俊昊向着一直表示感谢的智友叹了一口气,然后快步离开了游乐场。

尾声

就在和具俊昊见面的那天晚上,智友用哭得红肿的双眼,重新读了慧星写给她的信。在笔记本中,第十三张画的中间有一封,慧星写给智友的信,那封信的开头写着"致我所认识的全世界最漂亮的姐姐"。

智友姐姐!

这样叫起来,感觉很没有真实感。姐姐!这样叫才有感觉。那么我就姐姐,嗯嗯嗯嗯嗯,这样写吧。这样一叫,我又会嘿嘿地笑出来的。

姐姐你看到了吧?我遵守了我们的约定!你不会不记得我们的约定是什么了吧?应该不会那样吧?不会的吧,我想应该是这样的。那天对我来说,真的是非常难忘的一天,也许对姐姐来说可能不算什么。那是第一次有人陪我过了一整天的生日。我收到了礼物,吃了好吃的冰激凌,还拍了大头贴。那天的我真的感觉很幸福。有姐姐在真好,所以我又跟姐姐耍赖,希望姐姐以后能够成为我真正的姐姐,你还记得吗?

姐姐那天真的非常漂亮,我们一起拍大头贴的时

如此灼热的 蓝

候。姐姐不是戴了紫罗兰色的假发嘛,我戴着蓝色的假发。于是那天分开的时候我就和你说过,要是有一天我的绘画实力变强了,我就会在这个笔记本上,为今天的我俩"定制"十三幅画。呃,真丢人。我的绘画水平真的提高了吗?还差得远呢……姐姐你觉得怎么样?如果你感觉还不是太差劲的话,就说没关系。我其实还挺紧张的,一直想着如果自己搞砸了该怎么办。

嗯……就是说。我其实真的不想说这个,我有一个很信任的哥哥,因为那个哥哥总是这样说,所以我觉得真的有这个可能,所以还是想说。

嗯……其实啊,我知道姐姐要转学的事情。嗯……所以我也知道,姐姐要转去的学校。在网吧上网的时候,也偶尔进过姐姐学校的网站。这么说来,仔细想想,我真的好像个跟踪狂。但我真的不是那样的,我只是好奇姐姐现在在上什么学校而已……学校的网站里写着姐姐的名字。"美术英才考试合格,二年级三班尹智友",本来是想要祝贺你的,现在说已经有些迟了吧?啊,啊,我又跑题了。总之,我还在

尾声

网上了解到去年秋天姐姐参加学校庆典的事情。我不是为了见姐姐才去庆典的，就是，单纯地去看看，在那里我看到了姐姐的画。

"和平4"。

从那里回来之后，其实我的心里很不好受。那个躺在街上留着紫罗兰色头发的女孩总是出现在我的眼前，大概是因为我脑子不太好，比较单纯吧。我总觉得那个女孩和姐姐很像，那可不行……真的不能那样啊。

我以为姐姐会有很多笑容，很幸福，突然觉得可能并不是这样。

或许，就是因为那天，在那儿，在那片树林里待到很晚……是因为那件事吗？

我呀，我一直以为是因为那件事情发生之后，我去做了坏事，姐姐才会讨厌我的。姐姐你也知道的，那天我们见到的哥哥们，全都参与了别墅偷盗事件。姐姐连搬家的事情都没告诉我，全都是因为我自己做了那些"坏事"，所以连姐姐也离开我了。都是因为我。

如此灼热的蓝

都是因为我的脑子不好使,这些全都是我的错。

我也想过,如果我是智友姐姐的话,我会怎么样。为此我还又去了一次那个树林。

那天,真的,这是真的,我绝对不骗你,那天真的什么事都没有发生。所以姐姐你不要胡思乱想,嗯?姐姐心痛、疲惫、哭泣,这些事情我真的都很讨厌。我希望姐姐能够一直笑着,因为你是我认识的世界上最漂亮的姐姐。

我呀,每次去那里,就会想起很多那时候的事情,我和姐姐一起在那里画画的情景,我们一起做的涂鸦也还在那里。说不定我以后还会经常去那里呢,每当我想起姐姐的时候。那个时候,姐姐也要一起来吗?嘿嘿,开玩笑,我开玩笑的。

最后,不知道,不知道姐姐会不会也好奇我过得怎么样……嗯嗯,我打算今后一直画漫画,就像姐姐一样,成立一个和"蓝"一样的社团。如果我成立社团的话,就叫"蓝2"吧,这样可以吗?如果可以的话,我就让那个非常信任的哥哥也加入进来,还有的话,呵呵,没有了,没有别人……万一,万一姐姐也

尾声

想加入"蓝2"的话,那当然没问题了。

"蓝2",想想就觉得很不错,嘿嘿。

啊,那么现在真的是最后了。因为是最后一次,就一次。所以就算肉麻也请你忍忍吧!好,我要开始了!

姐姐,我爱你。

慧星的信到这里就结束了。那封信上沾满了智友偷偷哭泣时滴上去的眼泪。

★

同年十二月,在首漫"一日销售展"的社团申请名单中,第七个位置上写着"蓝2——如此灼热的蓝"社团的代表是尹智友,社团的类型是"创作+模仿绘制"。社团的代表虽然是尹智友,名字却叫作"蓝2",提议参加首漫的人是侑利。

这件事的源头还要追溯到"慧星的漫画"。

具俊昊那里除了侑利之前看到的那些慧星绘制的

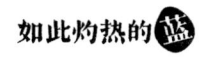

漫画角色之外，还保留着慧星之前所画的漫画。有一天，看到这些画的侑利高兴地斥责具俊昊说："你怎么把这些藏得严严实实？"并问道，"我可以带回家看吗？"具俊昊装出一副赢不了她的样子点了点头。

那天晚上，侑利仔仔细细地看完了慧星所有的漫画。在那些创意插画或连环漫画一类，有同一主人公登场的短漫画中，都能看到慧星精心创造时的影子。与具俊昊挂在房间里的画相比也毫不逊色。只要找一个有实力的人来，认真整理一下就是一本会刊了。侑利突然觉得自己或许能为慧星做些什么。慧星有说过想组建"蓝2"吧？侑利的脸上露出了微笑。

几天后，侑利紧急呼叫了这段时间已经有名无实的"蓝"社团会员。当然，在这之前，她也没有忘记先与智友和具俊昊见面，向他们说明自己的计划，并征求他们的同意。具俊昊将慧星的漫画递给智友说："要做就好好做吧，但如果做的不合我心意，那我就……"他一边说着一边又像往常一样举起手来，然后看着侑利狰狞的表情哈哈大笑起来。接着他问道："其他孩子呢，其他孩子也会跟你们做吗？"侑利对

尾声

着具俊昊微微一笑,气愤地回答道:"这个我会自己看着办的!"

侑利很担心惠玲不来,连续给惠玲发了好几条短信。那天,智友和恩洙按时出现了,可惠玲直到很晚才出现,嘴里还嘟囔着:"什么呀,为什么要叫我?"侑利对此却毫不在意,她表情严肃地将几张慧星的画摆放在桌子上。侑利表示,要么现在彻底解散"蓝"社团,要么就邀请这幅画的作者一起,以"蓝2"的名义重新开始社团活动。她还补充道:"这幅画的作者是你们都认识的人。"恩洙和惠玲一边看着画,一边问那是谁。

"是以前和智友关系很好的那个孩子,想不起来了吗?我不是告诉你们了嘛。"

刚开始摸不着头脑的恩洙和惠玲,也一下子想起了慧星的故事。侑利紧接着向大家提出了"蓝2的计划书",她提议大家一起制作会刊,去参加十二月的首漫活动,大家也都欣然同意。恩洙说:"我喜欢。我原本以为照这样下去的话,等大家毕业的时候,'蓝'也会就此解散,真是万幸。我会为'蓝2'努

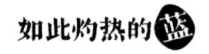

力的。"接着露出了久违的灿烂笑容,惠玲也说:"好,好棒!那我就从现在开始拼命学习,期末考试一结束我们就跑!哇!"

"蓝2"在比其他年级早进行的三年级第二学期期末考试结束后,加快了准备步伐。成员们每天聚集在一起,对会刊上要使用的慧星的漫画和故事集思广益,并决定出各自要做的事情。大家决定在慧星的漫画后面加入几个四格漫画。然后在之前准备庆典的经验基础上制定预算,一起制定好了装饰用品的目录,剩下的时间都辗转于印刷厂和市场之间。有一天,具俊昊找到侑利,说自己也打算扮演漫画角色。侑利说:"要做就好好做吧,但如果做得不合我心意,那我就……"然后学着具俊昊的样子将手抬了起来。

智友和朋友们一起准备首漫的时候,抽空整理了一下慧星的画。用手工一一补充之后,再用Photoshop给画涂上色调,接着重新画出故事情节。在这样的工作量下,大家几乎每天都要熬夜。

"哇,这真像是一个人画出来的。"

尾声

"哇,哇。"

智友和慧星的画风非常相似,恩洙被吓了一跳,惠玲也跟着大呼小叫起来。

销售展的当天,我们在"蓝2"的展位上展示了热门漫画的装饰周边:徽章、鼠标垫、液晶清洁剂、明信片,以及创作会刊《我的紫罗兰少女》五十本、模仿绘制会刊五十本。与其他展位相比,我们这里的装饰周边和会刊数量都不太多。

智友一直带着一脸紧张的神情坚守着展位,销售量并不理想。"蓝2"是第一个在首尔动漫节开设展位的社团。由于没有什么知名度,这个销量或许也是情有可原。只是偶尔有几个孩子过来翻看一下会刊,说着:"画风真不错!"

当看到第一个拿着《我的紫罗兰少女》会刊询问"多少钱?"的人出现时,智友的脸上露出了淡淡的微笑。

"休息一下再来吧。"

"是啊,我们在这里守着。"

"该去吃午饭了。"

如此灼热的 蓝

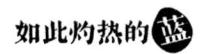

虽然侑利、恩洙和惠玲轮番劝说着,可智友每次都说着没关系,拒绝了大家的好意。

"喝吧,你脸上那是什么?"

在会场外广场上扮演漫画角色的具俊昊来到了展台前,递给智友一瓶饮料后又走了出去。

在展会即将结束的时候,之前购买过会刊的两个人再次来到了"蓝2"的展位。

"这个会刊你们会一直出吗?"

"你们有论坛之类的东西吗?以后可以在网上购买你们的会刊吗?"

恩洙和惠玲犹豫了一下,把目光投向了智友。于是,那两个提问的孩子也将视线聚集在了智友的身上。坐在展位上的智友,默默地从堆积如山的柜台上拿起了一本会刊,在那两个孩子的面前展开。

"在这里能看到我们论坛的地址。虽然不确定以后会不会一直参加首尔动漫节,但我们会在论坛里以周慧星的名字继续连载漫画,只要进入论坛就一直能够看到。"

孩子们听到智友的回答后,满意地点了点头。

尾声

这时,站在智友身后的侑利,静静地将手放在了智友的肩膀上。

慧星,你在听吗?

(全文完)

作者寄语

我想起来,当初看到这本书草稿的朋友,跟我开玩笑时说的话。

"读这本书的时候心里感觉'痒痒的'。"

"爱能拯救每个人!说的就是那个吧。"

我也附和道:"对吧,是有一点'痒痒的'吧。""没错,就是那个!爱能拯救每个人。"

当时我的心情真的非常不错,因为那个朋友一下

作者寄语

子就读懂了我的心。

就是这样,我在写这本小说的时候一直坚信,心里那种"痒痒的"感觉就是爱。我相信爱能给予我们力量,让我们能够承受人生残酷的瞬间。所以我希望,当侑利的爱与俊昊的真心相遇时,能够触及智友和慧星。我想要画一画,向大家展现出那种爱的力量究竟有多么强大,又有多么美丽。用这种力量抚慰已经关上心门的智友,让她在事态发展得更严重之前,了解慧星的伤痕与苦痛。

我不知道这样到底好还是不好。就像往常一样,刚开始写的时候充满了自信,到了最后就只剩下恐惧。而我则在这种恐惧中静静地回想,侑利、智友、俊昊、慧星……并对故事中的慧星感到抱歉。希望我所描述的爱,能够更早到达那些现实中的慧星身边……

最后,我希望可以借此机会向大家问好,向很久之前真诚地向我回答漫画部问题的Cookie老师,向那些阅读了我图书草稿的每一个她,向我的儿子,向忍受着我的变化和懒惰,始终等待着这本书的编辑李智

如此灼热的蓝

英老师。如果不是他们,我怀揣的故事也不会变成图书走向世界。谢谢大家。

申黎郎